Stefanie Taschinski

Die kleine Dame in den Blauen Bergen

Weitere Titel in dieser Reihe:
Die kleine Dame (Band 1)
Die kleine Dame und der rote Prinz (Band 2)
Die kleine Dame auf Salafari (Band 3)
Die kleine Dame melodiert ganz wunderbar (Band 4)
Die kleine Dame feiert Weihnachten
Die kleine Dame und Du – Ein Salafari-Buch
zum Entdecken, Staunen & Mitmachen

Auch als Hörbücher bei Arena audio.

Stefanie Taschinski

Die kleine Dame in den Blauen Bergen

Mit Bildern von Nina Dulleck

Arena

Für

Josefina Pauline Jasmin Sophie Philip

Arena

Ein Verlag in der westermann GRUPPE

MIX
Papier aus verantwortungsvollen Quellen
FSC® C110508
FSC www.fsc.org

1. Auflage 2020

Rottendorfer Straße 16, 97074 Würzburg

Text: Stefanie Taschinski
Cover und Innenillustrationen: Nina Dulleck
Satz: Malte Ritter

Gesamtherstellung: Westermann Druck Zwickau GmbH
Printed in Germany

ISBN 978-3-401-60537-1

Besuche den Arena Verlag im Netz:
www.arena-verlag.de

Der Brief mit dem Fliegenpilz

Nun blieb die kleine Dame schon wieder stehen. Und da vorn war das Brezelhaus! Lilly tippelte von einem Fuß auf den anderen. »Kleine Dame, wir müssen weiter.«

Aber die kleine Dame reagierte nicht. Sie zückte ihr aufrollbares Maßband und trat an einen Straßenbaum. Einen ganz gewöhnlichen Straßenbaum!

»Chaka, was meinst du?«, fragte die kleine Dame das Chamäleon, das auf dem Stamm saß und das feine Silbergrau der Rinde angenommen hatte. Zentimeter für Zentimeter zog sic das Maßband aus und hielt es an einen dünnen Zweig, der weit unten aus dem Stamm wuchs. »Wusste ich's doch.«

Lilly seufzte. »Ich auch. Das ist ein Zweig.«

»*Fagus Silvatica,* um genau zu sein, meine Liebe.« Mit einem Schnipps ließ die kleine Dame das Maßband wieder einrollen. »Und dieser *Buchenzweig* ist, seit wir hier letzte Woche vorbeiflaniert sind, um exakt einen Zentimeter gewachsen!«

Einen Zentimeter? Das war nicht besonders viel. Aber als Lilly genauer hinsah, fiel ihr auf, dass die grauen Knospen sich in zarte hellgrüne Blätter verwandelt hatten. Lilly hätte die kleine Dame zwar gern gefragt, wie Bäume ihre Blätter auspacken, aber im Brezelhaus wartete nun mal Mama Bär auf sie. Sie hatte Lilly zum Einkaufen geschickt, und wenn sie nicht ganz schnell zurückkam, würde Bruno, ihr Minibruder, bestimmt wieder den King Kong geben und mit hochrotem Kopf brüllen, bis Herr Leberwurst bei ihnen klingelte, um zu fragen, ob alles in Ordnung wäre. »Bist du fertig?«

»Lilly, wie oft waren wir zwei gemeinsam auf Salafari?« Nun zog die kleine Dame auch noch das Notizbuch aus ihrer rechten Tasche und zückte den Bleistift. »Messwerte müssen sorgfältig noteriert werden, bevor sie sich verwirbeln.«

Ja, mit der kleinen Dame verwandelte sich sogar der kurze Weg zum Lädchen an der Ecke in eine Entdeckungs-Salafari. Und statt fünf Minuten war man schwuppdich einen halben Tag unterwegs!

Endlich waren sie am Brezelhaus! Oben im Nest auf der goldenen Brezel landete flügelschlagend die schokobraune Taube.

Die kleine Dame zog den Helm.

»Gutnäsen Tagnäs!«

»Hallo«, rief Lilly nach oben und zog Mamas Haustürschlüssel aus der Tasche. »Sehen wir uns gleich?«, fragte sie die kleine Dame, die hinter ihr die Stufen zum Brezelhaus hochkam.

»Wieso? Wir sehen uns *jetzt,* wir sehen uns *gleich* und *später,* denn ich werde dich noch ein Stückchen begleiten.«

»Bis nach oben?«

»Heute leider nicht. Aber es gibt etwas, das ich den Fegerich fragen möchte.«

Da erst bemerkte Lilly Herrn Leberwurst, den Hausmeister des Brezelhauses. Er war groß. So groß, dass er von oben auf die Briefkästen hinabschauen konnte, die in einer Reihe an der Flurwand hingen. Heute hatte er seinen Besen gegen eine Zahnbürste eingetauscht. Rischelwischpisch. Rischelwischelpisch, polierte Herr Leberwurst die Namensschilder der Briefkästen in kreisenden Bewegungen. »Ranzig!«, grummelte er.

»Holodriho, Herr Leberwurst«, grüßte die kleine Dame.

Der Kopf des Hausmeisters ruckte herum. »Und wer

macht den ganzen Dreck weg? Wer macht das?« Aufgebracht fuchtelte er mit der Zahnbürste vor Lillys Gesicht. »Wer macht hier alles sauber?«

Lilly wich einen Schritt zurück. »Sie, Herr Leberwurst.«

»Sie sind unbedingt der beste Fegerich der Welt«, sagte die kleine Dame und ließ ihren Schirm hin- und herschwingen. »Wissen Sie womöglich, ob …«

Herr Leberwurst tauchte die Zahnbürste wieder ins Wasser und putzte weiter. Rischelwischelpisch, rischelwischelpisch. »Ganz genauso ist es! *Barbara* sagt, es sei mein Werk.« Ein schiefes Lächeln breitete sich auf seinem Gesicht aus.

Lilly unterdrückte ein Kichern. Barbara Schnacksel war Mamas Kollegin aus der Backstube. Seit Lilly zusammen mit der kleinen Dame den Brezelhauschor gegründet hatte, waren die Leberwurst und Frau Schnacksel ein Liebespaar.

Der Hausmeister streckte die Brust raus und fuhr sich mit der Zahnbürste durch die dünne Haartolle. »Mein Lebenswerk sozusagen«, sagte er zufrieden.

Die kleine Dame nickte. »Ein Meister seines Fachs. Ihnen entgeht nichts, und deshalb wollte ich mich erkundigen, ob vielleicht ein kleiner Brief für mich abgegeben wurde?«

»Ein Brief?«, fragte der Hausmeister. »Nein, der Postbote hatte nichts für Sie.«

Da kam Lilly auf die Idee, auch schnell in ihren Briefkasten zu schauen.

»Seltwürdig«, sagte die kleine Dame. »Herr Kreideweiß ist sonst immer sehr zuverlässig. Nun, dann kommt der Brief sicher in den nächsten Tagen.«

»Herr Kreideweiß? Wer ist das?«, fragte Lilly, während sie den Briefkasten aufschloss.

»Ein alter Freund von mir. Er ist auf einer mächtigen Bergsalafari quer durch Europa, und ich erwarte seinen Bericht.«

Lilly hörte nur mit einem Ohr zu, denn in ihrem Briefkasten lag ein Brief! Die untere Ecke war umgeknickt, und es klebte eine Fliegenpilz-Briefmarke darauf. »Der ist von Oma!«, rief sie.

»Ich hab mich wohl verhört«, krächzte die Leberwurst, steckte sich die Zahnbürste ins linke Ohr und begann, rischelwischelpisch, zu putzen.

»Bäh!« Lilly verzog das Gesicht.

Da wechselte Herr Leberwurst schon das Ohr und putzte rechts weiter. Mit einem Plopp zog er die Zahnbürste aus dem Ohr. »Was hast du gesagt?«

»Ich ... ich meinte, dass der Brief von meiner Oma ist.«

Nun klopfte die kleine Dame gegen ihren Schirm. »Chaka, hast du jemals von einer OMA im Brezelhaus gehört?«

Der Schirm wechselte seine Farbe von Pfefferminzgrün zu Butterblumengelb, und Chakas Schwanz, der unten aus dem Schirmoberteil ragte, formte ein Fragezeichen.

Lilly schüttelte den Kopf. »Oma ist eben einfach Mamas Mama.«

»Ts, ts, ts, eben einfach?«, wiederholte die kleine Dame mit einem Lachen.

»Karlchen und ich kennen sie auch fast gar nicht. Aber jetzt kommt sie uns endlich besuchen, weil sie Bruno sehen will.«

»Seit wir gemeinsam die geheimsten Winkel des Hinterhofs erforschen, war sie noch kein einziges Mal hier, oder kann sie sich etwa unsichtbar machen?«, fragte die kleine Dame.

»Ich glaub, irgendwie schon. Aber anders als du.« Lilly sah wieder auf den Brief. »Ich muss hoch. Kommst du mit?«

Doch die kleine Dame war bereits auf dem Weg zur Haustür. »Wir haben noch einige Messungen vorzubereiten.« Schon war sie mit Chaka aus dem Haus spaziert. »Bis später!«

Lilly flitzte die Treppe zum Hochparterre hinauf. Vor ihrer alten Wohnungstür wurde sie ein bisschen langsamer, denn nach drei Monaten hatte sie sich noch nicht ganz daran gewöhnt, dass sie, Mama und Papa, Karlchen und Bruno und Pim, ihr schwarzer Hund, jetzt auf der anderen Flurseite in Leberwursts Hausmeisterwohnung wohnten. Die hatte nämlich zwei Zimmer mehr als die alte Wohnung der Familie Bär und war für eine Familie mit drei Kindern viel besser geeignet.

Mithilfe der kleinen Dame war es ihnen gelungen, den nasenhaarigen Hausmeister dazu zu bringen, seine Wohnung mit ihnen zu tauschen. Darüber war Lilly sehr froh, denn um nichts in der Welt wollte sie aus dem Brezelhaus ausziehen – nicht einmal für ihren süßen Minibruder.

Lilly schloss auf und schlüpfte in den Flur. Neben der Garderobe standen einige Umzugskartons. Nach Brunos Geburt waren sie noch nicht dazu gekommen, sie alle auszupacken.

»Bin wieder da«, rief Lilly.

Rechts neben ihr ging die Badezimmertür auf, und Karlchen winkte ihr zu. »Kannst du heißes Wasser aufsetzen? Und Mama Bescheid geben, dass Papa Brunolein gleich fertig gebadet hat.«

Hinter Karlchen hörte Lilly ein leises Quengeln und Platschen.

»Er bekommt Hunger!«, rief Papa durch die Tür.

Das Quengeln wurde lauter.

»Mach ich!«

Keine zehn Minuten später saßen Karlchen und Lilly neben Mama auf dem großen Mama-Papa-Bett. Auf dem Nachttisch dampfte der Tee, den Lilly gekocht hatte, und Bruno lag zufrieden nuckelnd in Mamas Arm.

»Darf ich den Brief vorlesen?«, fragte Karlchen und sah neugierig auf den Umschlag. »Was ist denn das für eine Briefmarke?«

»Ein Fliegenpilz.« Mama strich den Mädchen über den Kopf. »Wechselt euch doch ab.«

»Aber ich mach ihn auf«, sagte Lilly, und noch bevor Karlchen protestieren konnte, hatte sie den Umschlag aufgerissen.

Sie faltete das Papier auseinander und hielt es so, dass Karlchen mit reinschauen konnte. »Du darfst anfangen.«

»Danke.« Karlchen runzelte die Stirn. »Griaß eich mit-a-nand.«

Sie sah fragend zu Mama. »Was schreibt Oma denn da?«

Mama lachte. »Na, das heißt so viel wie ›hallo, meine Süßen‹.«

Neben Mama machte Papa ein grunzendes Geräusch. »Von ›meine Süßen‹ hab ich aber nichts gehört.«

»Ich les weiter«, sagte Karlchen. »I konn … ned … ke-man.«

»Sie kommt nicht?«, fragte Lilly und zupfte Karlchen den Brief aus der Hand.

Mama schüttelte den Kopf. »Nein, nein. Du hast dich bestimmt verlesen. Lilly, lies du mal weiter.«

Lilly las. »Die Sissi ist schwer erkrankt und tut kein Futter nehme. I mua noch ihr schaun. I kimm, sobald i vamog. Pfiat eich, Oma Anni.«

Papa Bär schloss die Augen. »Ich versteh ja nur die Hälfte, aber …«

Mama legte Bruno auf die andere Seite. »Das kann alles nicht wahr sein.«

»Wer ist Sissi?«, fragte Karlchen.

»Die ist sehr krank, schreibt Oma«, sagte Lilly.

Mama sah zur Decke. »Sissi ist Omas Lieblingskuh.«

»Ihre Kuh?«, fragten Lilly und Karlchen gleichzeitig.

Papa schüttelte den Kopf. »Deine Mutter wollte in zwei Tagen hier sein. Sie hat uns seit fünf Jahren nicht mehr besucht und jetzt sagt sie ab, weil ihre Kuh krank ist!«

»Hat Oma ihre Kuh lieber als uns?«, fragte Lilly.

Mama legte Bruno an ihre Schulter und klopfte sanft auf seinen Rücken, bis er ein ordentliches Bäuerchen machte. »Bestimmt nicht. Nein! Mit der Oma und mir … ist es nicht so einfach.«

Papa schnaubte. »Schatz, mit dir ist alles einfach. Aber deine Mutter …« Er sprach den Satz nicht zu Ende.

»Es war nicht leicht für sie, dass ich ausgerechnet nach Hamburg gegangen bin«, sagte Mama.

»Als wenn das das Ende der Welt wäre«, widersprach Papa.

»Für meine Mutter schon.«

»Und was machen wir jetzt?«, fragte Lilly.

Papa kam um das Bett herum und nahm Mamas Hand. »Ich denke, wir verschieben den Besuch, bis die Kuh deiner Mutter wieder munter ist.«

Mama schüttelte den Kopf. »Wer weiß, wie lange das dauert«, sagte sie. »Was haltet ihr davon, wenn wir zur Oma fahren?«

»Aber sie mag doch kein Remmidemmi«, sagte Papa.

»Tja, da muss sie jetzt durch«, meinte Mama. »Ich habe Sehnsucht nach den Blauen Bergen.«

»Die Blauen Berge«, wisperte Karlchen und machte große Augen.

»Sie muss Bruno kennenlernen, Papa«, sagte Lilly.

Papa schwieg.

»Mit der Bahn sind wir blitzschnell da«, sagte Mama.

Papa lachte. »Mit der Bahn? Mit drei Kindern und einem Hund!?«

»In unser Auto passen wir nicht alle«, sagte Mama. »Und für Pim finden wir schon eine Lösung.«

»Bitte, Papa, wir wollen Oma sehen«, flüsterte Karlchen.

»Und wenn wir bei der Reise Hilfe brauchen, kann ich die kleine Dame fragen, ob sie mitkommen will«, schlug Lilly vor.

»Auf gar keinen Fall!«, entfuhr es Papa. »Oma ist auch so schon knurrig genug. Da braucht es nicht noch eine kleine Dame, die chamäleonisiert und ihre Späßchen treibt.«

Keine Salafari ohne kleine Dame

»Nicht schummeln!«, ermahnte Lilly ihre kleine Schwester. Nicht dass Karlchen sich noch auf Zehenspitzen stellte und größer machte.

Die kleine Dame, die neben ihnen am Stamm der alten Weide auf einem Tritt stand, markierte die Stelle direkt über Karlchens Kopf mit einem kurzen Kreidestrich.

»Allerfeinstens«, sagte sie, und als Karlchen zur Seite getreten war, klebte sie genau an diese Stelle einen leuchtend gelben Sticker.

Links klebte eine Reihe gelber Sticker für Karlchen und rechts ein Stückchen höher eine Reihe blauer Sticker für Lilly. Die Sticker zeigten, wie Lilly und Karlchen im vergangenen Jahr gewachsen waren.

Die kleine Dame zog ihr Maßband aus der Tasche und hielt es Lilly hin. »Bitte nach unten ziehen«, sagte die kleine Dame.

»Und nicht schummeln!«, rief Karlchen.

Lilly zog, bis das Maßband mit der Null den Boden berührte.

»Ein Meter siebenunddreißig«, las die kleine Dame oben an dem höchsten gelben Punkt ab. »Du bist einen halben Zentimeter gewachsen!«

Karlchen hüpfte vergnügt von einem Fuß auf den anderen. »Bald hab ich dich eingeholt«, rief sie Lilly zu.

»Quatsch mit Soße«, sagte Lilly. »So schnell wächst du nun auch wieder nicht.«

Na klar war Lilly ein ganzes Stück größer als ihre kleine Schwester. Sie war ja auch drei Jahre älter! Nur blöderweise war sie selbst im letzten Monat keinen halben Zentimeter gewachsen, und der Abstand zwischen ihr und Karlchen schrumpfte stetig.

»Kleine Dame, wie groß bist du eigentlich?«, fragte Karlchen.

»Ich? Na, so groß wie ein ausgewachsener Pinguin.« Die kleine Dame kletterte vom Tritt. »Kommt, jetzt kümmern wir uns um die aktuelle Luft- und Bodentemperatur.«

Karlchen warf Lilly einen Blick zu.

»Können wir dich nicht auch einmal messen?«, schlug Lilly vor.

»Mich? Aber ich wachse doch nicht mehr.« Die kleine Dame schüttelte den Kopf. »Zum Glück!«

»Aber wir wissen gar nicht, wie groß du *genau* bist«, beharrte Karlchen.

Lilly nickte. »Und du sagst immer, nur wer genau hinschaut und misst, kann Neues entdecken.«

Die kleine Dame machte ein nachdenkliches Gesicht.

»Nun ja, warum eigentlich nicht?« Sie nahm ihren Tropenhelm ab. »Nicht dass ihr noch sagt, ich würde schummeln!«

Die kleine Dame stellte sich vor den Stamm, so wie Karlchen und Lilly es ihr vorgemacht hatten. Lilly rollte das Maßband aus, und Karlchen zog es, bis es den Boden berührte.

»Ein Meter und einen Zentimeter!«, las Lilly die Größe ganz genau ab.

»Ich bin größer«, juchzte Karlchen.

»Das will ich auch hoffen.« Die kleine Dame setzte ihren Helm wieder auf. »Ihr habt recht, ich fühle mich gleich viel frischer, so neu vermessen. Wunderbar!«

Die kleine Dame winkte ihr, mit zu ihrem Zelt zu kommen. Wie immer, wenn das Wetter fabulös war und der Hamburger Himmel hell über dem Hinterhof leuchtete, hatte die kleine Dame Tisch und Stühle draußen vor ihrem Zelt aufgestellt. Auf dem Tisch standen ihre funkelnagelneuen, glänzenden Messgeräte: ein Thermometer – um die Temperatur zu messen –, ein Terrameter – um die Erdwärme zu messen – und ein Aquameter – um die Menge des Regens zu bestimmen. Genau in der Mitte zwischen den Geräten hockte Chaka und schielte mit einem Auge zu dem dicken Brummer, der über dem Tisch kreiste.

»Chaka, auf gar keinen Fall!«, sagte die kleine Dame streng und streckte die Hände aus, um das Chamäleon hochzunehmen.

Doch da schoss, *zack,* Chakas lange Zunge hervor und fing den Brummer aus der Luft. Das gläserne Aquameter klirrte, das Terrameter wackelte, und das Thermometer rutschte in seiner Halterung ein Stückchen nach unten.

Lilly erwischte das Terrameter, bevor es umfiel. »Das war knapp!«

Die kleine Dame nahm Chaka hoch. »Auf der Messstation wird nicht gejagt!«

Wieder schnellte Chakas Zunge hervor, und er schrieb etwas in die Luft.

»Was sagt er?«, fragte Karlchen.

»Er sagt, dass die Wärme, die in den Metallgehäusen der Messgeräte gespeichert wird, die Insekten anlockt und er so einen Leckerbissen doch nicht vorbeifliegen lassen kann.«

»Das hat er alles mit einem Zungenschlag gesagt?«, fragte Lilly.

»O ja«, sagte die kleine Dame und zog das hohe, schmale Terrameter zu sich. »So eine Chamäleonzunge ist schließlich sehr lang.«

Das Messgerät erinnerte Lilly an das Thermometer, das

bei ihnen außen am Küchenfenster hing. Aber dieses Terrameter war einen halben Meter lang, und unten an der Spitze war ein Minispaten aus Messing angebracht.

Die kleine Dame, die Lillys Blick bemerkte, nahm das Gerät aus der Halterung. »Willst du es ausprobieren?«

»Wie denn?«, fragte Lilly und nahm der kleinen Dame die lange Röhre vorsichtig aus der Hand.

»Mit dem Terrameter messen wir die Erdtemperatur. Je tiefer wir graben, desto wärmer wird es.«

»Ehrlich?«

Die kleine Dame zeigte auf eine Stelle neben dem Zelt, an der kein Gras wuchs. »Mit dem Spaten gräbst du bis zu dieser Markierung.«

Während Lilly mit dem Minispaten grub, hockte Karlchen neben ihnen und flüsterte mit Chaka. »Wie groß bist du eigentlich?«

Chaka schrieb ein Fragezeichen in die Luft.

»Du weißt es nicht?«

Das Chamäleon schüttelte den Kopf.

»Kleine Dame, weißt du, wie groß Chaka ist?«, fragte Karlchen.

»Natürlich«, sagte die kleine Dame und half Lilly, das Terrameter ein Stückchen tiefer in die Erde zu drücken.

»Sieh nur, die blaue Linie!«, rief Lilly.

Karlchen runzelte die Stirn. »Und wie groß ist Chaka?«

»Das müsste ich in einem meiner alten Salafaribücher nachschlagen. Es ist schon ein Weilchen her, dass ich ihn gemessen habe. Und gewachsen ist er bestimmt seit dreihundert Jahren nicht mehr.«

Lilly stand auf. »12° Celsius.«

Die kleine Dame notierte den Wert. »Hier im Schatten der alten Weide bleibt der Boden natürlich immer etwas kühler.«

»Wie wohl der Boden in den Blauen Bergen ist?«, überlegte Lilly.

»In jedem Fall sehr bergig«, sagte Karlchen.

Lilly zog das Terrameter aus dem Boden. »Stimmt, da kann man nicht so einfach in die Erde graben und ...«

Die kleine Dame richtete sich auf. »Die Blauen Berge? Liegen die in den Alpen?«

»So was hat Mama gesagt«, sagte Karlchen.

»Die sind ganz weit im Süden, da wo unsere Oma wohnt«, ergänzte Lilly.

»Die Oma, die euch geschrieben hat?« Die kleine Dame wischte den Spaten des Terrameters mit einem Tuch sorgfältig ab.

»Wir haben ja nur die eine Oma«, sagte Karlchen.

Lilly ging mit der kleinen Dame zurück zu dem Tisch, auf dem die anderen Messgeräte standen. »Sie kann nämlich leider nicht zu uns kommen.«

Karlchen stemmte die Hände in ihre Hüften. »Stell dir

mal vor, die kommt uns nicht besuchen, weil ihre Kuh krank ist.«

Die kleine Dame setzte sich auf einen der Stühle. »Wenn Chaka krank wäre, würde ich auch nicht verreisen.«

Lilly machte es sich auf dem Stuhl neben der kleinen Dame gemütlich. »Tja, und deshalb fahren wir übermorgen runter zu ihr.«

»Ihr fahrt in die Blauen Berge?«, fragte die kleine Dame. »Oh, Chaka, wir machen eine echte Bergsalafari!«

Die Augen der kleinen Dame begannen zu leuchten. »Weite Täler, höchste Gipfel, Geröllfelder, Fossilien, blitzschnelle Wetterumschwünge.« Sie sah zu den Mädchen. »Da muss ich meine Ausstattung wohl noch einmal gründlich durchsehen, ob auch alles reisefertig ist.«

Lilly schaute auf ihre Schuhe. Wie sollte sie der kleinen Dame nur erklären, dass Mama und Papa gar nicht wollten, dass sie mitkam? Auch Karlchen machte ein bedröppeltes Gesicht und knabberte an ihrer Unterlippe.

Lilly war noch dabei, sich die richtigen Worte zurechtzulegen, da hüpfte die kleine Dame schon vom Stuhl und lief eilig in ihr Zelt.

»Wir müssen unbedingt einige Reiseberichte einpacken«, rief sie.

Einen Augenblick später stand sie mit einem Stapel Bücher wieder bei ihnen. »Zwei Tage sind zwar eine sehr knappe Vorbereitungszeit, aber wenn wir alle mit anpacken ...« Sie legte die Bücher neben die Messgeräte auf den Tisch.

Lilly rutschte auf ihrem Stuhl nach vorn. »Kleine Dame, ich glaube, du ... du kannst nicht mitkommen.«

»Ich weiß!« Die kleine Dame sah sich seufzend um. »Chaka und ich haben hier schrecklich viel zu tun. Aber eine Salafari in die Berge war schon immer unser allergrößter Traum. Nicht wahr, Chaka?«

Lilly sah Hilfe suchend zu Karlchen.

»Mama und Papa wollen nicht, dass du mitkommst«, flüsterte Karlchen.

»Ihr zwei Witzbolde, das glaub ich euch niemals.« Die kleine Dame lachte. »Wer könnte schon auf die weltbeste Chamäleoniseurin und Entdeckerin verzichten, wenn es hoch hinauf in die Blauen Berge geht?«

Lilly und Karlchen senkten die Köpfe.

»Das ist kein Scherz«, murmelte Lilly. »Papa meint, dass es mit der Oma schon schwierig wird, weil sie so knurrig ist, und deshalb möchte er nicht ...«

»... dass euch eine sonnenscheinige Dame mit feinsten Manieren begleitet?«

Karlchen ging zur kleinen Dame und nahm ihre Hand. »Wir wollen ja, dass du mitkommst!«

Lilly streichelte Chaka über den Rücken. »Eine Salafari ohne dich ist keine Salafari.«

Die kleine Dame tippte Karlchen auf die Nasenspitze. »Eure Oma muss sächtatlich eine höchst besondere Person sein.«

»Bestimmt«, seufzte Lilly. »Obwohl ich mich gar nicht mehr richtig an sie erinnern kann.«

»Wir haben auch versucht, Papa zu überreden, dass du mitdarfst, aber da war nichts zu machen«, sagte Karlchen.

Die kleine Dame begann, um den Tisch zu wandern. Chaka kletterte auf den Boden und lief Runde um Runde mit. »Wir sind so ein eingespieltes Team«, sagte die kleine Dame.

»Richtig gut eingespielt!«, sagten Karlchen und Lilly.

»Das wäre ein Jammer, wenn ihr auf mich und Chaka verzichten müsstet.« Plötzlich blieb die kleine Dame stehen. »Aber wenn ich nicht eingeladen bin, kann ich eure Oma selbstverplemplich nicht besuchen. Das gehört sich nicht.«

Da blitzte eine Idee in Lillys Kopf auf. »Kleine Dame, wie wäre es, wenn du mit Chaka rein *zufällig* auch eine Bergsalafari machen würdest?«

Für einen Moment sagte niemand etwas.

»Wie, zufällig?«, fragte Karlchen. »Meinst du, ohne es Mama und Papa zu sagen?«

Lilly schluckte, aber dann nickte sie.

»Das wäre aber ein ziemlich großer Zufall«, gab die kleine Dame zu bedenken.

»Wir dürften uns auf der Bahnfahrt nicht treffen«, überlegte Lilly weiter.

»Na ja, für solche Fälle habe ich meinen Chamäleonschirm«, sagte die kleine Dame.

Lilly sah es schon vor ihrem inneren Auge vor sich: die kleine Dame, Karlchen und sie in den Blauen Bergen. »Wenn du mitkommst, wird es bestimmt die schönste Salafari aller Zeiten!«, sagte sie. »Und wenn Oma es nicht bemerkt, kann es sie auch nicht stören.«

Die kleine Dame sah zu ihrem Chamäleon. »Was denkst du, Chaka, hast du Lust auf eine Bergsalafari?«

Das Chamäleon zwinkerte ihnen zu, und Lilly war sich sicher, dass dies nur »Ja« bedeuten konnte!

Fünf Vorteile, klein zu sein

Die Verkäuferin half Lilly, die Schnürsenkel der Wanderstiefel fester zu binden. »Geh mal eine Runde.«

Lilly stand auf. Das war das siebte Paar Stiefel, das sie anprobierte, und bisher hatte keines gepasst.

Karlchen stupste sie von der Seite an. »Wie lange dauert das noch? Mir ist langweilig!«

Lilly zuckte mit den Schultern. »Tut mir leid«, sagte sie und marschierte los. Am Ende des Gangs stand Mama und schuckelte Bruno in ihrem Arm.

»Na, Liebling, wie sind die?«

Lilly versuchte, in ihre Füße zu spüren, so wie die kleine Dame es ihr geraten hatte. »Wenn es die richtigen Stiefel sind, wissen deine Füße das sofort.«

Aber Lillys Füße wussten gar nichts! Lilly sah sich im Schuhgeschäft um. Wo war die kleine Dame nur? Lilly ging noch ein Stückchen weiter. Die Stiefel fühlten sich gar nicht mal so übel an. Sie konnte mit den Zehen wackeln, und die Hacke saß hinten schön fest. Plötzlich hörte Lilly eine scharfe Stimme.

»Wenn du die Dose aufmachst, musst du sie auch kaufen!«

Vor dem Regal mit den Schuhputzmitteln stand die kleine Dame und hielt dem Verkäufer den Deckel hin.

»Entschuldigen Sie, mein Herr, aber ich habe diese Dose mitnichten geöffnet. Sehen Sie, es ist der Tester.« Sie zog ein Tuch aus ihrer Tasche. »Bevor ich etwas kaufe, muss ich schließlich wissen, ob es wirklich gut ist.«

Mit diesen Worten nahm die kleine Dame einen Klacks Schuhcreme auf ihr Tuch und rieb damit erst ihren linken und dann den rechten Schnürstiefel ein.

Der Verkäufer kniff die Augen zu. »Unsere Tester sind für Erwachsene da, die etwas kaufen wollen, und nicht für Kinder, die ... die ...«

»Was ist los?«, fragte Lilly.

»Ich mache einen Test«, antwortete die kleine Dame. »Und ich bin noch nicht fertig.«

Sie drückte dem Verkäufer Deckel und Dose in die Hand. »Momentchen, bitte«, sagte sie und lief bis zum Ende des Regals, wo ein mit Wasser gefüllter Putzeimer stand. Die kleine Dame hob den Saum ihres Salafarirocks an und stieg plitsch-platsch in den Eimer.

Schon stand der Verkäufer neben ihr. »Hab ich mir doch gedacht, dass du nur Unfug anrichten willst! Komm da sofort raus!«

Stattdessen ging die kleine Dame auf der Stelle. »Links, rechts. Links, rechts.« Sie lächelte den Verkäufer an. »Auf der Dose steht *wasserfest.* Also brauche ich auch Wasser, um das auszuprobieren!«

Der Verkäufer warf einen Blick in die Runde. »Zu welchen Erwachsenen gehört dieses unmögliche Kind?«, rief er.

»Sie ist kein Kind!«, sagte Lilly.

»Sie ist die kleine Dame!«, rief Karlchen, die sich zwischen den Kunden zu ihnen durchdrängelte.

Von der Seite kam Mama mit Bruno im Kinderwagen zu ihnen herüber. »Passen die Stiefel?«, fragte sie Lilly.

»Ja«, sagte Lilly und war selbst ganz überrascht.

Mama Bär sah zur kleinen Dame. »Wie sieht es aus, alles wasserdicht bei dir?«

Die kleine Dame hüpfte kurz auf und ab, um das überschüssige Wasser abzuschütteln. »Ich glaube, meine Socken sind sächtatlich noch trocken.«

Der Verkäufer starrte auf die Pfütze, die sich um die Schnürstiefel der kleinen Dame bildete.

Die kleine Dame lächelte ihn an. »Dann können Sie mir sehr gern eine neue Dose zur Kasse bringen. Herzlichen Dank!«

Als sie fünf Minuten später aus dem Schuhgeschäft kamen, liefen Lilly und Karlchen gleich in ihren neuen Wanderschuhen los.

»Sehr schön«, sagte die kleine Dame. »Am liebsten würde ich auf der Stelle loswandern, direkt in die ...!«

Lilly schüttelte unmerklich den Kopf und versuchte, der kleinen Dame ein Zeichen zu geben.

»Ich meine«, fuhr die kleine Dame fort, »Wanderstiefel muss man ja immer gut einlaufen, damit es keine Blasen gibt.«

Mama Bär sah die kleine Dame überrascht an. »Planst du denn auch eine Reise?«

»Aber Mama, wir können der kleinen Dame nicht verbieten zu verreisen«, sagte Lilly schnell.

»Das hab ich gar nicht vor.«

»Als weit gereiste Weltenforscherin bin ich eben gern auf alles vorbereitet«, sagte die kleine Dame fröhlich. »Man weiß nie, was kommt.«

»Nein, das weiß man nie«, sagte Mama langsam, und Lilly sah, dass sie etwas fragen wollte. Doch da begann

Bruno, im Kinderwagen zu muckeln.

»Mama, ich glaube, Bruno hat Hunger.«

»Hm.«

»Gibst du ihm gleich was, Mama?«, fragte Karlchen.

»Hm.«

Mama hatte immer noch diese Falte oben über der Nase.

»Warum hat dieses Kerlchen nur immerzu Hunger?«, fragte die kleine Dame. »Er ist ja beinahe so verfressen wie Chaka.«

»Babys wollen wachsen«, erklärte Mama.

»Wozu nur?«, fragte die kleine Dame. »Und

weshalb so schnell?« Sie blickte in den Kinderwagen. »Das macht *schwuppdich,* und dann passt er nicht einmal mehr in diesen wunderschönen Wagen.«

Vor ihnen tauchte das Brezelhaus auf, und Mama zog den Haustürschlüssel aus ihrer Tasche. »Ach, das dauert noch ein bisschen, und wir müssen doch alle irgendwann groß werden.«

Die kleine Dame schüttelte den Kopf. »Ich muss das nicht! Es hat viele Vorteile, klein zu sein: Kleine Leute finden immer ein gutes Versteck. Große Leute wissen gar nicht, wohin mit ihren langen Armen und Beinen. Kleine Leute können auch viel schneller lernen. Eins, zwei, drei sprechen sie jede neue Sprache. Große Leute brauchen dafür Jahre. Wenn sie es überhaupt je schaffen, flüssig Rückwärtzisch zu sprechen. Und chamäleonisieren kann man nur, wenn man gerade richtig klein ist.«

»Ich glaube, das kannst sowieso nur du«, sagte Mama mit einem Lächeln.

»Zugegeben, das kann wirklich nicht jede«, sagte die kleine Dame und legte die Hand auf ihre Brust. »Aber wahre Größe sitzt hier. Die kann keiner in Zentimetern messen.«

In diesem Moment ließ die Sonne die goldene Brezel hell aufschimmern, als wollte sie hinter den Satz der kleinen Dame ein Ausrufungszeichen setzen.

»Dürfen wir mit zur kleinen Dame?«, fragte Lilly.

Mama schloss auf. »Ich brauch ein bisschen Hilfe. Papa ist noch nicht wieder aus der Werkstatt da.«

Lilly sah zu Karlchen. »Ich hab heute Morgen schon abgewaschen.«

»Und ich hab geholfen, Bruno anzuziehen.«

»Warum kommt ihr nicht nacheinander?«, schlug die kleine Dame vor. »Ich habe sehr vieles vorzubereiten.«

»Meinetwegen«, sagte Karlchen. »Dann helf ich Mama zuerst mit Bruno.«

»Danke!«, sagte Lilly.

»Du kannst los, sobald Papa da ist«, versprach Mama und zog den Kinderwagen die Stufen zum Brezelhaus hoch.

Obwohl die kleine Dame erst einen Tag zuvor entschieden hatte, auf ihre allererste Bergsalafari zu gehen, war sie schon mitten in den Vorbereitungen. Rund um den Tisch hatte sie die Dinge aufgereiht, die sie mitnehmen wollte: Minzdrops, Mückenschutz und eine Mundharmonika, Radiergummi, Rucksack und ihr Reisezelt.

»Siehst du einmal nach, ob Chakas Futterdose noch gefüllt ist?«, bat die kleine Dame Lilly.

»Halb voll«, sagte Lilly.

Chaka legte den Kopf schräg und plinkerte Lilly an.

»Darf ich ihm eine Kugel geben?«

»Aber nur eine! So viele Fliegen, Ameisen und Käfer kann ich bis morgen gar nicht mehr fangen.«

Lilly rollte die Futterkugel wie eine Murmel quer über den Tisch auf Chaka zu, der sie mit seiner langen Zunge auffing.

Die kleine Dame stopfte ihren Winterschal in den Rucksack. »Es könnte ja Schnee geben.«

»Im Sommer?«

»In den Bergen ist alles möglich.«

Als Nächstes klappte die kleine Dame das Oberteil ihres Schirms auf. »Hältst du mal?«

Da das Oberteil ohne Chaka keinen Griff hatte, fasste Lilly den Schirm am Stoff. Die kleine Dame öffnete ein Ölfläschchen. »Die Schirmspeichen wollte ich längst ölen.«

Sorgfältig tropfte die kleine Dame an jedes der feinen Metallgelenke einen Tropfen. »Nicht dass ich mich ausgerechnet morgen auf dem Bahnsteig beim Chamäleonisieren verklemme.«

Lilly half der kleinen Dame, die Messgeräte zu verpacken. Sie kontrollierten das Reisezelt und den Schlafsack. »Die Nächte in den Bergen können sehr kalt sein«, sagte die kleine Dame. »Da darf sich Chaka nicht verkühlen.«

Jedes Mal, wenn es in der Hecke raschelte, dachte Lilly, dass Karlchen kommen würde. Aber ihre kleine Schwester tauchte den ganzen Nachmittag nicht auf. Es wurde später, und die kleine Dame schob die Trinkflasche in das Außenfach ihres Rucksacks. »Fertig! Es ist alles gepackt.«

»Dann treffen wir uns morgen am Bahnsteig 12?«

Die kleine Dame lächelte. »Wenn es der Zufall will.« Sie hielt Lilly das Zelt auf. »Vor der Abreise habe ich allersphinx noch eine Kleinigkeit zu erledigen.«

»Was denn?«, fragte Lilly und schlüpfte hinter der kleinen Dame in die dichte Ligusterhecke.

»Ich muss zum Fegerich.«

HAHAHATSCHIIII, tönte es durch das Treppenhaus, als Lilly und die kleine Dame dort ankamen. Papa und Pim, Herr Leberwurst und Frau Schnacksel standen auf dem Treppenabsatz. Der Hausmeister trompete in ein grau kariertes Taschentuch, und Mamas Kollegin hatte sich bei ihm eingehakt.

»Wir würden Pim wirklich schrecklich gern nehmen!«, sagte Frau Schnacksel. »Aber Eberhard hat leider eine kleine Hundehaarallergie.«

»Haaatschiii!«, nieste die Leberwurst zum zweiten Mal.

»Verstehe«, sagte Papa Bär. »Es ist nur so, wir wollen mit der Bahn fahren, und da ist es mit einem Hund ja nicht ganz so einfach.«

Frau Schnacksel sah zur Leberwurst. »Und wenn Pim nicht in deine Wohnung kommt? Wenn ich zur Familie Bär rübergehe und ihm dort Futter gebe und …«

Papa nickte. »Das wäre wunderbar! Pim braucht auch nur zwei, höchstens drei Runden am Tag.«

»… auf keinen Fall!«, schnüffelte Herr Leberwurst. Seine große Nase zuckte. »Haaatschiii! Du weißt doch, dass ich Hunde nicht ausstehen … ich meine, nicht vertragen kann.«

»Hallo, Papa«, rief Lilly, hockte sich auf die Treppe und kraulte Pim.

»Wie gut, dass wir uns hier alle treffen«, sagte die kleine Dame.

Frau Schnacksel sah erst Papa Bär und dann Lilly an. »Es tut mir leid, aber ihr seht ja, wie es Eberhard mitnimmt.«

»Hatschi!«

Papa seufzte. »Das verstehe ich. Wir lassen uns schon etwas einfallen.« Er sah zu Lilly. »Komm, wir sind noch nicht fertig mit Packen.«

»Warum ist Karlchen denn nicht gekommen?«

»Jakob hat sie zum Schwimmen abgeholt.«

»Bis morgen«, flüsterte Lilly der kleinen Dame zu.

Die kleine Dame winkte. »Gutes Packen!« Dann wandte sie sich zur Leberwurst. »Ist mein Brief inzwischen eingetroffen?«

Der Fegerich schielte hinter seinem Taschentuch hervor. »Welcher Brief?«

»Sie wissen schon, ich erwarte einen Brief von Herrn Kreideweiß.«

»Das ist sicherlich der dicke Brief, der vorhin oben auf

den Briefkästen stand«, rief Frau Schnacksel. »Eberhard hat ihn gleich eingesteckt, damit er nicht verloren geht.«

Herr Leberwurst runzelte die Stirn. »Ah ja«, sagte er und zog einen Brief aus der Tasche seines Kittels hervor. »Der ist für Sie.«

Lilly hätte zu gern gewusst, was in dem Brief stand, aber Papa zog sie die Stufen hinauf. »Wir müssen packen, Lilly!«

Eine Zugfahrt, die ist lustig

In der riesigen Halle des Hauptbahnhofs schoben und drängelten sich so viele Menschen, dass Papa Bär Mühe hatte, für seine Familie den Weg zu bahnen. Mit der einen Hand schob er den Kinderwagen im Slalom durch den Menschenstrom, mit der anderen zog er den großen Mama-Papa-Koffer. »Da vorn ist die Information«, rief er erleichtert.

Lilly zog an Pims Leine. »Bei Fuß«, sagte sie.

»Warum fährt der Zug von einem anderen Gleis ab?«, fragte Karlchen, die mit ihrem kleinen Pinguinkoffer direkt vor Mamas Füßen lief.

»Das macht die Bahn manchmal so«, sagte Mama Bär, die Bruno in der Tragekiepe auf dem Rücken trug.

Papa Bär stellte sich in die Schlange, die sich vor der Information gebildet hatte, und sah auf die Uhr. »Das müsste noch reichen, oder?«

Mama Bär lächelte. »Das reicht dicke«, sagte sie. »Sieh nur, es sind alle Schalter geöffnet.«

»Ein Wunder!«, raunte Papa.

Mama setzte die Kiepe ab und nahm Bruno auf den Arm.

»Bruno kann ja gar nichts sehen«, quietschte Karlchen und zog ihm die kleine Mütze zurecht.

Lilly schaute sich unauffällig um. Irgendwo hier am Bahnhof gab es jemanden, der chamäleonisierte. Sie stupste Karlchen in die Seite. »O nein!«, flüsterte sie und zeigte zu dem Schalter ganz am Ende des Tresens.

Dort stand eine kleine Person in Safarikostüm und Tropenhelm. Neben ihr lehnten ein gut gepackter Reiserucksack und ein Schirm.

»Die kleine Dame!«, wisperte Karlchen. »Sie wollte doch chamäleonisieren!«

»Das kann sie hier nicht machen, wenn sie mit dem Mann am Schalter spricht«, sagte Lilly.

»Herzlichsten Dank«, hörte Lilly die kleine Dame sagen.

»Ist das nicht die kleine Dame?«, fragte Mama Bär überrascht.

Lilly biss sich auf die Lippe. Jetzt hatten Mama und Papa die kleine Dame entdeckt.

»Wie? Was? Wo?«, entfuhr es Papa.

Da kam die kleine Dame auf sie zu. »Gutnäsen Morgnäsen, meine Lieben.«

Papa Bär blinzelte nervös. »Was, was machst du denn hier?«

Die kleine Dame strahlte ihn an. »Ich mache einen Ausflug.«

»Mit Reiserucksack?«, fragte Papa.

Die kleine Dame nickte. »Mit Salafarirucksack.« Sie sah von dem Kinderwagen zu der Tragekiepe, die Papa Bär nun aufgesetzt hatte, zu dem großen Koffer und den zwei kleinen Koffern, den Tagesrucksäcken und zu Pim. »Und ihr? Macht ihr eine Weltreise?«

Mama Bär schüttelte lachend den Kopf. »Nein, nein. Es ist wirklich ein bisschen viel geworden mit den Windeln und den Sachen für Pim.«

»Der Nächste, bitte«, sagte die Frau am Schalter.

»Na dann, einen schönen Ausflug«, sagte Papa noch und trat an den Schalter.

Die kleine Dame wirbelte ihren Schirm einmal durch die Luft. Lilly war sicher, dass es sich für Chaka anfühlen musste wie Loopingfahren. »Ebenso! Super Salafari!« Sie zwinkerte den Mädchen zu und verschwand in der Menschenmenge.

Eine halbe Stunde später stieg Familie Bär am Gleis 8 in den Zug ein. Papa und Mama Bär waren mit ihren Kindern, dem Gepäck und dem Hund so beschäftigt, dass die kleine Dame nicht einmal ihren Schirm aufspannen musste, um unbemerkt in den Zug zu gelangen.

Papa hatte ein ganzes Abteil für sie reserviert. »Nicht dass noch jemand mit Hundehaarallergie in unser Abteil kommt.«

Karlchen wollte, dass Pim auf dem Sitz neben ihr saß. Aber das erlaubte Papa nicht.

»Du hast doch für ihn bezahlt«, meinte sie.

Papa legte Pim die Hundedecke unter die Sitze. »Das ist nicht unser Sofa.«

Lilly und Karlchen hüpften direkt zu den Fensterplätzen. Draußen am Gleis ertönte ein Pfiff, die Türen zischten, und nur einen Moment später merkte Lilly, wie es ruckelte. Sie fuhren los!

»Geschafft!« Papa seufzte und gab Bruno, der in seinem Arm lag, einen Kuss. »Wir zwei machen jetzt für fünf Minuten die Augen zu.«

Bruno schaute Papa Bär hellwach an. »Öre-öre.«

»Öre-öre? Was soll das heißen?«, fragte Lilly.

»Er hat bestimmt Hunger«, meinte Karlchen.

»Der junge Mann ist noch nicht dran«, sagte Mama, öffnete ihren Rucksack und holte zwei große Pakete raus.

»Ich habe Apfelbrötchen, Minipizzen und Brezeln gebacken. Möchte jemand?«

»Ich!«, rief Lilly und schnappte sich eine Minipizza.

»Ich!«, rief Karlchen und griff sich eines der duftenden Apfelbrötchen.

»Und ich habe auch Hunger«, sagte Mama Bär und wickelte eine Brezel aus.

»Haben wir nicht gerade erst gefrühstückt?«, fragte Papa Bär, ohne die Augen zu öffnen.

»Reisen macht eben hungrig«, verkündete Mama.

»Wie viele Brötchen hast du gemacht?«, fragte Lilly.

»Mehr als genug für uns vier«, sagte Mama.

Lilly und Karlchen wechselten einen Blick. »Dann bringen wir der ...«, Lilly formte die Worte stumm, »... ein Brötchen mit.«

»Und eine Minipizza«, wisperte Karlchen.

Von Papas Sitz kam ein leises Schnarchen. Mama Bär nahm ihm behutsam Bruno ab und setzte sich wieder. »Wollen wir etwas spielen? Ich habe Uno eingepackt.«

Während Mama das Spiel auspackte, ließen Lilly und Karlchen unauffällig etwas aus Mamas Proviantpaketen unter ihren Pullovern verschwinden. »Später, Mama«, sagte Karlchen.

»Dürfen wir uns ein bisschen im Zug umschauen?«

Noch bevor Mama antworten konnte, ging die Abteiltür auf. »Fahrscheine, bitte.«

Pim kam unter dem Sitz hervor und begann zu bellen.

Bruno fing vor Schreck an zu quäken.

Papa sprang halb vom Sitz. »Sind wir schon da?«

Schnell zog Lilly Karlchen am Arm aus dem Abteil. »Nehmt Pim mit«, rief Mama ihnen hinterher, doch da waren sie schon im Gang.

Die kleine Dame saß im allerletzten Wagen und hatte es sich an einem freien Vierertisch sehr fein eingerichtet. »Gut, dass ihr kommt. Wir müssen etwas besprechen.«

Karlchen hopste auf den Sitz neben der kleinen Dame. »Wo ist Chaka?«

Die kleine Dame zeigte nach oben zur Gepäckablage. Dicht an den Reiserucksack geschmiegt, lag das Chamäleon und schlief. »Dieser ameisenwuselige Bahnhof hat ihn erledigt.«

Lilly zog die Minipizza unter ihrem Pulli hervor und reichte sie der kleinen Dame. »Frisch gebacken von Mama.«

Karlchen legte das Apfelbrötchen daneben.

»Köstlich, ein Zwei-Gänge-Menü! Aber einen Moment muss das noch warten.« Die kleine Dame tippte auf den dicken Umschlag, der vor ihr lag. »Ich habe euch doch von dem Brief erzählt, auf den ich gewartet habe.«

»Der von deinem Freund?«, fragte Lilly.

»Haarwurzelgenau. Herr Kreideweiß ist seit über einem Jahr auf Salafari! Quer durch Europa. Dies ist der erste Teil seines Abschlussberichts. Er war in den Pyrenäen, den Karpaten, und jetzt, glaube ich, ist er sogar im Ural.«

»Wo ist das?«, fragte Karlchen.

»Das ist ein wildes Gebirge in Russland«, erklärte die kleine Dame. »Ich habe den Fegerich gebeten, mir den zweiten Teil des Briefs in die Blauen Berge nachzuschicken.«

»Hoffentlich vergisst die Leberwurst das nicht«, meinte Lilly.

»Frau Schnacksel wird ihn gewiss daran erinnern«, sagte die kleine Dame und zog die Papierbögen aus dem Umschlag. »Seht ihr, Herr Kreideweiß hat einige Beobachtungen gemacht ...«, die kleine Dame senkte die Stimme, »... überaus seltwürdige Beobachtungen.«

Karlchen zog die Schuhe aus und kniete sich auf den Sitz. »Hat er ein neues Tier gefunden?« Denn Karlchen wusste schon, dass es für Forscherinnen das Allergrößte war, ein neues Tier oder eine neue Pflanze zu entdecken.

»Nein, davon schreibt er nichts.« Die kleine Dame drehte den Brief so, dass sie alle gleichzeitig reinsehen konnten. »Es geht um das Magnetfeld der Erde!«

Karlchen zog die Nase kraus. »Ach so.«

Auch Lilly hatte noch nie etwas vom Magnetfeld der

Erde gehört. Das Thema Magnetismus kam nämlich erst Ende der vierten Klasse dran. Trotzdem sah Lilly sich die Briefbögen, die die kleine Dame einen neben den anderen auf den Tisch legte, genau an. Zusammen ergaben sie ein großes Bild! Lilly erkannte Gipfel und Täler, Wasserfälle und Seen, und überall waren winzig kleine Tiere eingezeichnet.

»Sollen das Steinböcke sein?«, fragte Lilly und zeigte auf kleine Zeichen, die wie Minikühe mit großen Hörnern aussahen.

»Jaja, und das sind die Zeichen für Steinadler, Wölfe und Bären.«

Das klang allerdings spannend, doch die kleine Dame tippte auf einen kleinen Kreis mit einem Strich. »Seht ihr diese Kreise? An diesen Stellen hat Herr Kreideweiß die magnetische Kraft gemessen.«

Lilly entdeckte auf der Zeichnung bestimmt zwanzig dieser Kreise.

Karlchen biss von ihrer Minipizza ab. »Mit solchen Messgeräten wie du?«

»Ich denke schon«, sagte die kleine Dame und legte ein weiteres Blatt auf den Tisch. Es war von oben bis unten mit Zahlen vollgeschrieben. »Er hat herausgefunden, dass die magnetische Kraft in den Bergen ganz unterschiedlich stark ist«, erklärte die kleine Dame. »Es sieht so aus, als würde die Kraft zunehmen, je höher man einen Berg hinaufsteigt!«

Lilly wusste, wie sehr die kleine Dame es liebte, auf ihren Salafaris alles ganz genau zu beobachten und zu vermessen. Aber sie fand die Tiere in den Bergen trotzdem viel spannender. »Hat dein Freund denn noch irgendetwas anderes herausgefunden?«, fragte sie vorsichtig.

Die kleine Dame blätterte ein paar Seiten weiter. »Hier schreibt er von Arm- und Beinschmerzen, leichtem Fieber und drückenden Schuhen.« Die kleine Dame blickte auf. »Ob und wie das mit der Magnetkraft zusammenhängt, steht wohl erst im zweiten Brief.«

»Aber auf unseren Salafaris wollen wir nicht nur die Magnetkraft messen, oder?«, setzte Lilly an, als am Ende des Wagens die Tür des Großraumwagens zischte.

»Achtung, Papa kommt!«, flüsterte Karlchen und rutschte unter den Tisch. Lilly sprang auf und holte Chaka von der Ablage. Ebenso schnell hatte die kleine Dame ihr Schirmoberteil geöffnet, ließ Chaka hineinklettern und chamäleonisierte mit Lichtgeschwindigkeit, bis sie auf dem Sitz nahezu unsichtbar war.

»Hier seid ihr«, sagte Papa.

»Hey, Papa«, rief Karlchen unter dem Tisch.

»Was macht ihr hier?«

»Karlchen wollte unbedingt Höhle spielen, und hier war Platz.«

Papa atmete durch. »Ich finde, ihr habt jetzt lange genug Höhle gespielt. Wir haben doch extra ein schönes Abteil für uns.« Er nahm die beiden an die Hand. »Kommt, Mama und Bruno warten schon.«

Karlchen griff nach ihren Schuhen.

»Bisnäs spätnäser«, flüsterte eine leise Stimme.

Und als Papa nicht hinsah, winkten Lilly und Karlchen der kleinen Dame noch einmal zu.

Auf dem Hügel hinter dem Dorf

Mama, wann kommen endlich die Berge?«, fragte Karlchen.

»Bald«, sagte Mama Bär, die mit Karlchen auf dem Schoß auf dem einen Fensterplatz saß, während Lilly sich auf dem anderen die Nase an der Fensterscheibe platt drückte. »Das hast du schon gesagt, bevor wir in München umgestiegen sind.«

»Bei klarer Sicht würden wir sie auch schon sehen«, erklärte Mama. »Aber heute ist es ein bisschen diesig.«

Lilly stand auf und reckte sich. Auf dem Sitz neben Mama lag Bruno in seine Wolldecke eingewickelt und schlief. Papa war auf seinem Sitz zusammengesunken und schnorchelte vor sich hin. Und Pim, der auf dem Bahnsteig

noch einen Platz für sein kleines Geschäft gesucht hatte, sodass sie um ein Haar ihren Anschlusszug verpasst hätten, lag zu Papas Füßen und zuckte im Schlaf mit den Ohren.

»Ich seh sie!«, quietschte Karlchen da.

»Wo?« Lilly sprang zurück ans Fenster.

Mama seufzte tief. »Die Alpen!«

Lilly sah zu den blaugrauen Bergspitzen, die nicht größer waren, als hätte jemand dem Horizont mit der Bastelschere eine Zähnchenreihe verpasst.

»Die sind aber klein«, murmelte sie.

»Ich dachte, wir fahren in richtige Berge«, beschwerte Karlchen sich.

Mama Bär lachte. »Seid doch nicht so ungeduldig. Ich verspreche euch, bis wir bei Oma Anni aus dem Zug steigen, sind sie richtig groß.«

Lilly und Karlchen hielten es kaum noch auf ihren Plätzen aus. Der Zug zuckelte von Station zu Station, und langsam veränderte sich draußen die Landschaft. Die Hügel wuchsen, die Wiesen waren tiefgrün, und statt schwarzweißer Kühe, die sie aus Norddeutschland kannten, waren die Kühe hier hellbraun und trugen eine Glocke um den Hals. An den Häusern hingen Kästen mit leuchtend roten Blumen, und die Kirchtürme liefen nicht spitz zu, sondern hatten oben eine Zwiebel. Auf den Straßen, die sich kreuz und quer durch die Hügel zogen, zischten Autos vorbei, und hinter den Hügeln wuchsen die Berge.

»Lasst uns zusammenpacken, nächste Station steigen wir aus«, sagte Mama.

Karlchen räumte die Uno-Karten in ihren Rucksack. »Kannst du dich an Omas Dorf erinnern, Lilly?«

»Nur ein bisschen.« Lilly steckte ihre Trinkflasche ein. »Da war ich ja erst vier.«

»Und an Oma?«

Lilly dachte nach. »Sie hat nach Stroh gerochen und komisch geredet.«

»Vorsicht«, sagte Mama und schob die beiden Mädchen ein Stück zu Seite.

Neben ihnen wuchtete Papa Bär den großen Koffer von der Gepäckablage und lachte. »Ja, ihr Bayerisch hat sich gewaschen.«

»Habt ihr alles?«, fragte Mama und drückte Lilly Pims Leine in die Hand.

»Was soll ich denn alles nehmen?«

»Gleich ist Oma da und hilft uns.« Mama ging raus auf den Gang.

»Wenn die kleine Dame mitgedurft hätte, könnte sie uns jetzt helfen«, maulte Karlchen und zog ihren Pinguinkoffer mit einem kleinen Schnaufer raus aus dem Abteil.

Papa, der gleichzeitig den Kinderwagen schob und den Koffer mit der anderen Hand zog, drehte sich um. »Wir haben doch zwei große Mädchen«, sagte er. »Und wenn wir das nächste Mal verreisen, nehmen wir die kleine Dame wieder mit.«

Lilly hüpfte mit Pim auf den Bahnsteig. Ganz vorn am Zug sah sie kurz das helle Kostüm der kleinen Dame aufblitzen, dann war sie auch schon hinter einem der parkenden Busse verschwunden.

»Eins, zwei, drei Kinder und eine Mama«, zählte Papa.

»Ein Papa, ein Hund, ein Kinderwagen und eine Kiepe«, zählte Mama weiter.

»Eins, zwei, drei Rucksäcke«, zählte Karlchen.

»Eins, zwei, drei Koffer«, zählte Lilly.

Um sie herum leerte sich der Bahnsteig.

»Und wo ist Oma?«, fragte Karlchen.

Papa reckte den Hals. »Siehst du sie?«, fragte er Mama.

Mama sah kopfschüttelnd auf ihre Armbanduhr. »Sie ist bestimmt jeden Moment da.«

Papa Bär zog sein Handy aus der Tasche. »Ich ruf sie an.«

Tut, tut, klang es dumpf aus dem Telefon. »Sie geht nicht ran.«

»Ich weiß gar nicht, ob sie da oben Netz hat«, sagte Mama.

»Und jetzt?«, fragte Lilly.

Vorne auf dem Vorplatz der Station fuhr einer der Busse ab. Da entdeckte Lilly die kleine Dame hinter einem Busfenster. Die kleine Dame winkte ihr zu, und ehe Lilly nachdachte, winkte sie zurück.

»Schön, hast du sie entdeckt?« Mama Bär drehte sich in die Richtung, in die Lilly gewinkt hatte. »Wo ist Oma denn?«, fragte sie.

Schnell ließ Lilly die Hand sinken und fing an, Hampelmann zu machen. »Ich … ich hab nur meine Hand ausgeschüttelt, weil ich ein wenig Bewegung brauche.«

Mama machte ein enttäuschtes Gesicht. »Oh, ach so. Ich dachte, du hast Oma gesehen.«

Familie Bär wartete eine halbe Stunde. Lilly und Karlchen hatten schon fünf Runden mit Pim um den Vorplatz gedreht.

»Wollen wir nicht den Bus nehmen?«, fragte Papa.

»Den haben wir verpasst«, sagte Mama mit leiser Stimme. »Der nächste kommt erst in anderthalb Stunden.«

Papa rieb sich die Augen. »Wir hätten unsere Räder mitnehmen sollen.«

»Aber die hätten wir doch in der Bahn gar nicht mitbekommen«, sagte Mama.

»Dann wären eben die Koffer zu Hause geblieben!«, maulte Papa. »Mit den Rädern könnten wir ganz einfach zu deiner Mutter radeln, und alles wäre gut.«

Mama stand auf. »Was haltet ihr davon, wenn wir das kleine Stück laufen?«

»Was?«, fragten Papa, Lilly und Karlchen gleichzeitig.

»So weit ist es gar nicht. Und ein kleiner Spaziergang wird uns nach der langen Fahrt guttun.«

Papa sah zu ihrem Gepäck und holte tief Luft. »Ist das dein Ernst?«

Lilly setzte ihren Rucksack auf und nahm ihren Koffer. »Komm schon, Papa, das ist unsere erste Wanderung.«

Es duftete nach Tannenwald, und in der Luft lag das Läuten der Kuhglocken, die auf den Weiden grasten. Der Fußweg neben der Straße führte in großen Schwüngen hinauf zum Dorf. »Wo im Dorf wohnt Oma?«, wollte Karlchen wissen.

»Ein kleines Stück dahinter«, sagte Mama. Sie stiefelten an einer weiß getünchten Kapelle vorbei. Auf der Bank davor saßen drei ganz ulkig angezogene alte Männer in kurzen Lederhosen.

»Ist hier Fasching, Mama?«, fragte Lilly leise.

Aber Mama Bär hörte Lilly gar nicht zu.

»Herr Obersensel? Sind Sie das?«

Der Mann mit den langen Kniestrümpfen stand auf und ging auf Mama Bär zu. »Griaß God! Des Madl is dahoam!«

Papa Bär und Pim, Lilly und Karlchen verstanden kaum ein Wort.

Mama drehte sich zu ihnen. »Das ist mein alter Lehrer!«

»Deine Familie?«, fragte der alte Herr.

»Ja, wir sind zu Besuch, um den kleinen Bruno vorzustellen.«

Der alte Lehrer rieb sich das Kinn. »Komisch is des. Heit scheint de Anni jo vui B'such zu griagn. Vorhin is scho so a gloas Weiblaa raufkema, des aa zua Anni woit.«

Mama horchte auf. »Mir hat sie nicht gesagt, dass sie noch mehr Besuch erwartet.«

Ein kleines Weiblein? Lilly zählte eins und eins zusammen. Das konnte doch nur die kleine Dame sein. Da durfte Mama besser keine weiteren Fragen stellen.

»Mama«, rief sie, »Pim ist schon ganz ausgehungert. Wir müssen jetzt echt weiter.«

Papa nickte. »Ich glaube, nicht nur Pim hat Hunger.«

»Pfiat eana«, rief Mama dem Lehrer zu.

»Pfiat eich.«

Karlchen zupfte Mama am Arm. »Wann sind wir da?«

»Es ist gleich oben auf dem Hügel.« Mama zeigte den steilen Pfad hinauf. »Omas Haus liegt direkt hinter dem Wäldchen.«

Da ist kein Platz

Der Pfad, der zu Oma Annis Haus hinaufführte, war schmal und so steil, dass Papa Bär den Weg zweimal gehen musste, um erst den Kinderwagen und dann den großen Koffer hinaufzuschaffen. Lilly und Karlchen, die sich an die Reiseregel der kleinen Dame gehalten hatten, die besagte, dass kluge Weltenbimmler nur mit leichtem Gepäck verreisen, liefen den Hang leichtfüßig hoch.

»Da ist es!«, rief Lilly.

Das Haus stand ganz allein auf der breiten Kuppe des Hügels. Die Holzwände waren verwittert und das dunkle Schindeldach erinnerte Lilly an eine Mütze, die sich jemand zu tief über die Ohren gezogen hatte.

Als Lilly, Karlchen und Pim oben auf der Kuppe

ankamen, war die Haustür geschlossen, und davor saß eine große, gefleckte Katze.

»Halt Pim fest!«, rief Lilly Karlchen zu.

Doch es war schon zu spät. Bellend raste Pim auf die Katze zu und zog Karlchen hinter sich her. Der kleine Pinguinkoffer landete im Gras.

Fauchend machte die Katze einen Buckel, und da bemerkte Lilly schon die zweite Katze, die neben der Tür auf dem Fensterbrett lag.

»Nein, Pim! Nein!« Karlchen versuchte, Pim wegzuziehen, aber er war einfach stärker. Mit gesenktem Kopf stand er höchstens einen Meter von den Katzen entfernt und kläffte begeistert.

Die rot gefleckte Katze sprang auf und plusterte ihren Schwanz auf.

Lilly bekam die Leine zu fassen. »Verscheuch sie!«, rief sie. »Ich zieh Pim weg.«

»Ksch, ksch«, machte Karlchen. Wild fauchend, flohen die Katzen um die Hausecke.

Lilly schob den aufgedrehten Pim von der Tür weg. »Sitz! Mach Sitz!«

Am Haus knarzte es. Langsam ging die Tür ging auf, und eine dünne Frau mit langem grauem Zopf sah ihnen entgegen.

»Öha! Wos is des fia a Theater do?«

Lilly, Karlchen und Pim starrten die Frau an. Die Frau starrte zurück. Sie trug eine Schürze mit Pilzmuster, und in der Hand hielt sie ein kleines Messer.

»Ist das Oma?«, flüsterte Karlchen.

Lilly nickte unmerklich.

Die alte Frau machte einen Schritt auf sie zu und kniff die Augen zusammen. »Na, do san jo de zwoa Stadtmadln.«

»Hallo, Oma«, brachte Lilly heraus.

Oma schnaubte und schaute über die Mädchen hinweg zu dem Wäldchen, wo Mama und Papa Bär hochkamen.

»Ich wusste gar nicht, wie du aussiehst«, sagte Karlchen.

»Und wia schau i aus?«, fragte Oma und blickte Karlchen mit ihren durchdringenden Augen an.

Karlchen fiel nichts ein, was sie antworten sollte, da kamen Mama und Papa zu ihnen.

»Mama!«, rief Mama Bär und wollte Oma fest umarmen.

Aber Lilly sah, wie Oma sich schnell wieder aus Mamas Armen losmachte. »Griaß God, Madl.« Sie nickte Papa Bär zu, der schnaufend den Kinderwagen abstellte. »Griaß God, Bua. Den schiebst am besten direkt in den Schuppn. Aber pass auf, wennst am Holunderbaum voabeigehst. Do san de Immen drin.«

Lilly schaute in die Richtung, in die Oma zeigte. Gleich links auf der schmalen Seite des Hauses stand ein knorriger, blühender Holunderbusch. Was sollte dadrin sein? Doch ehe Lilly noch einmal fragen konnte, drehte Oma sich wieder um. »Kimmts rein, i zeig eich die Bettn.«

»Warte«, sagte Mama und nahm Bruno aus dem Kinderwagen. »Das ist dein neues Enkelkind. Bruno.«

Bruno gluckste fröhlich und ließ einen zufriedenen Babypups fahren. »Da Bua schläft bei eich. Babybetten und so an Firlefanz gibt's do ned«, sagte Oma, und mit diesen Worten verschwand sie im Haus.

»Lilly, hilfst du beim Reintragen?« Papas Hand lag auf ihrer Schulter. »Ich geh den großen Koffer holen.«

»Klar, Papa.«

Karlchen, die neben Pim auf dem Boden gehockt hatte, stand auf. »Du bleibst schön hier und lässt die Katzen in Ruhe!« Zur Sicherheit band sie Pims Leine an der Holzbank fest.

Lilly kraulte ihn zwischen den Ohren. »Und wenn du brav bist, nehmen wir dich nachher mit zur kleinen Dame.«

Hand in Hand schlüpften Lilly und Karlchen in das Haus. Nach dem hellen Sonnenschein draußen kam es Lilly wie in einer finsteren Höhle vor. Langsam gewöhnten sich

ihre Augen an die Dunkelheit. Von dem engen Flur ging es in die Stube. Mama saß auf der Eckbank am Fenster und stillte Bruno. Oma stand am Herd und bereitete das Abendessen vor. Etwas zischte und brutzelte in der Pfanne.

»'s gibt gebrone Semmeknedln mit Käs«, rief Oma.

Das ganze Haus bestand aus Holz: der Boden, die Wände, die Decke. Quer durch die Stube waren lange Schnüre befestigt, an denen Pilze und Kräuter trockneten, und über dem Durchgang zur Küche hing ein Hufeisen.

Karlchen schnüffelte. »Das riecht hier aber komisch«, wisperte sie.

Lilly hob eine der Pilzketten an. »Das sind die Pilze.«

»Meint ihr, ihr schafft es, eure Sachen auf den Schlafboden zu bringen?«, fragte Mama und zeigte auf die Leiter, die in der Ecke der Stube stand.

Die Mädchen kletterten die Leiter hoch. Unterm Dach war es stickig und genauso schummrig wie unten. Lilly zog die Gardinen vor den Fenstern zurück. Auf der einen Seite stand ein großes Doppelbett, auf der anderen lagen zwei Matratzen mit so dicken Decken und Kissen, wie Lilly es noch nie gesehen hatte. Karlchen warf sich auf ihre Decke. »Das ist kuschelig!«

Lilly hüpfte hinterher und schaute zum Fenster. »Und wir können von unserem Bett den Wald sehen!«

Nachdem sie mit vereinten Schwesternkräften die Koffer und Taschen nach oben gebracht hatten, war das Abendessen immer noch nicht fertig. Karlchen holte ein eingerolltes Papier aus ihrem Koffer und strich es glatt. Es war das Bild, das sie für Oma gemalt hatte. »Glaubst du, es gefällt ihr?«

Auf dem Bild war die ganze Familie Bär mit Pim und der kleinen Dame zu sehen.

»Es ist richtig schön«, sagte Lilly. »Das gefällt ihr bestimmt.«

»Hm.« Karlchen legte das Bild auf das karierte Bettzeug. »Ich geb's ihr nach dem Essen.« Sie sah Lilly an. »Wollen wir uns Omas Tiere ansehen?«

Lilly beugte sich vor und flüsterte. »Zuerst will ich zur kleinen Dame!«

Als sie einen Moment später aus dem Haus in das warme Sonnenlicht traten, fühlte Lilly sich gleich wohler.

Karlchen zeigte zum Waldrand, der hinter der eingezäunten Ziegenweide begann. »Ob die kleine Dame ihr Zelt da oben aufgestellt hat?«

Lilly schaute sich um. »Ich glaub schon. Sie hat gesagt, sie sucht sich ein Versteck ganz in unserer Nähe.«

Karlchen blieb vor dem Zaun stehen und reckte den Hals. »Kannst du ihr Zelt sehen?«

Lillys Blick glitt über die Büsche und die kleinen Tannen, die den Waldrand säumten, aber nirgends blitzte etwas Weißes auf. »Sie hat ihr Zelt bestimmt getarnt.«

Vor ihnen auf der Weide grasten einige Ziegen. Lilly stemmte sich am Gatter hoch, setzte sich obendrauf und streckte Karlchen eine Hand hin. »Los.«

»Aber die Ziegen!«

»Die tun uns schon nichts«, versicherte Lilly. »Das hier ist der schnellste Weg zum Wald.«

Karlchen nahm Lillys Hand und kletterte neben ihre große Schwester. Eine braune Ziege hob den Kopf. BÄÄÄH!

Sie sieht fast ein bisschen wie Oma aus, dachte Lilly.

»Hallo, Ziege«, rief sie und hüpfte vom Zaun auf die Weide.

»Sie ... sie haben ganz schön große Hörner!«, wisperte Karlchen.

Das fand Lilly auch, aber sie sagte: »Die finden ihre Kräuterwiese viel spannender als uns.«

Und wirklich, die braune Ziege senkte den Kopf und zupfte am Gras.

Karlchen hüpfte runter und griff wieder nach Lillys Hand. Im Schnellschritt hielten sie auf die andere Seite zu. Aus dem Augenwinkel sah Lilly, wie erst die weiße und dann die gefleckte Ziege den Kopf hob. »Bääh!«, ertönte es. »Bähähäh!« Nun hoben alle Ziegen den Kopf, und wie auf ein Kommando liefen sie auf Lilly und Karlchen zu.

»Hilfe!«, quiekte Karlchen und wollte losrennen, doch Lilly hielt sie fest.

»Bleib stehen!«, sagte sie und schob Karlchen hinter sich.

Dann sah sie der Ziegenherde entgegen. Die weiße Ziege war die schnellste und hatte die größten Hörner. Neben der braunen Ziege entdeckte sie zwei Zicklein, die Sprünge machten.

Schon standen sie vor ihnen. Lilly streckte der weißen Ziege die flache Hand hin. »Ich bin Lilly«, sagte sie. »Und das ist meine Schwester Karlchen. Wir wollen zur kleinen Dame, und deshalb müssen wir über eure Weide.«

BÄHÄÄ!

Die Ziege leckte über ihre Hand.

»Hey, du Frechdachs«, rief Karlchen hinter ihr.

Da sah Lilly, wie die braune Ziege an Karlchen schnupperte. Karlchen klopfte ein paar Brötchenkrümel vom T-Shirt und hielt sie der Ziege hin. »Die sind noch von der Fahrt.«

Die Ziegen drängelten und stupsten sie, bis Lilly und Karlchen auf der anderen Seite der Weide ankamen. »Wir müssen weiter«, sagte Lilly und streichelte der weißen Ziege zwischen den Hörnern über den Kopf.

»Aber morgen kommen wir wieder«, versprach Karlchen.

Direkt hinter dem Zaun begann der Wald. Es roch nach Baumharz, Pilzen und Waldmeister. Und nur ein paar Meter weiter entdeckten sie zwischen den hohen Zirbentannen einen Hochsitz.

Karlchen flitzte los. »Das ist ein Spitzenplatz für die kleine Dame!«

»Mit Ausguck«, rief Lilly und sprang über eine Brombeerranke.

Doch weder unter dem Hochsitz noch zwischen den

Büschen, die rundherum wuchsen, war auch nur die allerkleinste Spur der kleinen Dame zu finden.

Lilly und Karlchen suchten den gesamten Saum des Waldes ab. Es war zwar hell, aber ohne die kleine Dame traute Lilly sich nicht tiefer in den Wald hinein. Außerdem hatte die kleine Dame ihnen versprochen, dass sie ihr Zelt in der Nähe aufstellen wollte, an einem Ort, von dem aus sie das Haus der Oma sehen konnte.

Vor ihr blieb Karlchen stehen. »Autsch, das pikt!«

»Warte, du bist in einer Brombeere hängen geblieben.« Lilly hockte sich hin und zog die Ranke aus Karlchens Socken.

Karlchen quiekte. »Wo ist denn nun die kleine Dame? Ich glaub, wir sind doch in den falschen Wald gegangen.«

Lilly richtete sich auf. Omas Haus lag nun schon ein ganzes Stück entfernt. Hinter dem Haus leuchteten die hohen Gipfel der Blauen Berge im Abendlicht. Und wenn sie dem Waldrand nur wenige Meter weiter folgten, würde das Haus der Oma ganz aus ihrem Blick verschwinden. Nein, Lilly konnte sich nicht vorstellen, dass die kleine Dame ihr Zelt hinter der Biegung versteckt hatte.

»Wir müssen etwas übersehen haben.«

»Aber wir haben so gut gesucht«, widersprach Karlchen.

»Ich glaube, die kleine Dame hat sich dieses Mal einfach ganz besonders gut versteckt, damit Oma sie nicht doch aus Versehen bemerkt.«

Grummelnd ließ Karlchen sich von ihr mitziehen. »Hauptsache, die kleine Dame lässt nicht ihr ganzes Zelt chamäleonisieren. Dann haben wir keine Chance!«

Sie duckten sich unter tief hängenden Tannenzweigen hindurch und schoben mit Stöcken hohe Brennnesseln auseinander. Sie krochen durch dichtes Gebüsch und untersuchten jedes Brombeergestrüpp. Lilly wusste ja, dass die kleine Dame das wildeste Dickicht besonders liebte. Aber da waren weder die Abdrücke ihrer feinen Schnürstiefel im Waldboden, noch konnten sie den Tropenhelm oder den Schirm der kleinen Dame entdecken.

»Und wenn sie Omas Haus gar nicht gefunden hat?«, fragte Karlchen.

»Aber der Mann aus dem Dorf hat gesagt, dass sie hier raufgegangen ist.« Lilly sah zwischen den Bäumen den Hügel hinunter, wo ganz für sich allein das Haus mit dem dunklen Schindeldach stand. »Und sie hat bestimmt ihren Kompass eingepackt.«

»Warum ist sie dann nicht hier?«

Lilly zeigte auf den Hochsitz. »Vielleicht können wir sie von oben besser sehen.«

»Aber ich hab Hunger«, quengelte Karlchen und rührte sich nicht.

Lilly kletterte flink die Stufen zum Hochsitz hinauf. Sie hatte auch Hunger, und außerdem wusste sie, dass es höchste Eisenbahn war, sich auf den Weg zum Abend-

essen zu machen. Trotzdem wollte sie wenigstens noch einen Blick vom Ausguck werfen. Ganz in der Nähe klopfte ein Specht. Als Lilly in seine Richtung sah, entdeckte sie es. Da hing das Zelt der kleinen Dame!

»Karlchen! Karlchen!«

»Was?«

Die Leiter des Hochsitzes wackelte, und Karlchen kletterte neben Lilly in den Ausguck.

»Da drüben!«

Noch ein Stückchen höher als der Hochsitz hing das Reisezelt in luftiger Höhe zwischen den Tannenzweigen.

Karlchen riss die Augen auf. »Sie … sie hat ein Baumzelt!«

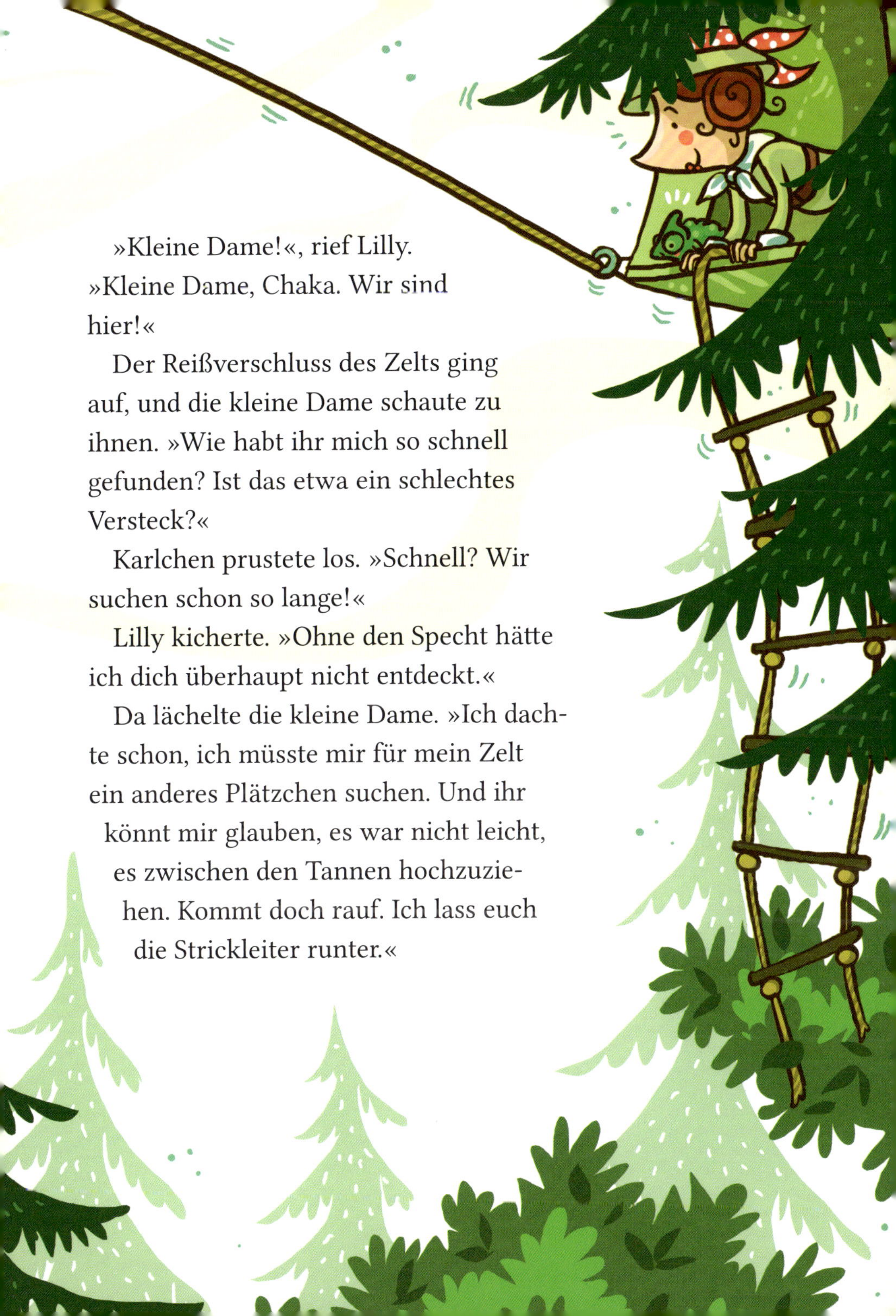

»Kleine Dame!«, rief Lilly. »Kleine Dame, Chaka. Wir sind hier!«

Der Reißverschluss des Zelts ging auf, und die kleine Dame schaute zu ihnen. »Wie habt ihr mich so schnell gefunden? Ist das etwa ein schlechtes Versteck?«

Karlchen prustete los. »Schnell? Wir suchen schon so lange!«

Lilly kicherte. »Ohne den Specht hätte ich dich überhaupt nicht entdeckt.«

Da lächelte die kleine Dame. »Ich dachte schon, ich müsste mir für mein Zelt ein anderes Plätzchen suchen. Und ihr könnt mir glauben, es war nicht leicht, es zwischen den Tannen hochzuziehen. Kommt doch rauf. Ich lass euch die Strickleiter runter.«

Es war ein herrliches Gefühl, so hoch über dem Boden zu schweben. Das Zelt schwang an den Seilen ganz leicht, und durch den offenen Zelteingang konnten sie zwischen dem Tannengrün in die Berge schauen.

»Heute habe ich gar nicht mehr mit euch gerechnet«, sagte die kleine Dame und machte eine Flasche Himbeerbrause auf. »Ich dachte, ihr feiert das Wiedersehen mit eurer Oma.«

Lilly nahm einen Schluck Brause. »Oma will nicht feiern.«

»Die hat sich gar nicht richtig gefreut, dass wir da sind«, sagte Karlchen.

»Seltwürdig«, meinte die kleine Dame. »Vielleicht braucht sie erst eine Familieneingewöhnung.«

»Ich weiß nicht, ob unsere zwei Wochen Ferien dafür reichen.« Lilly sah von der kleinen Dame, die ihre Schnürstiefel öffnete und mit den Füßen wackelte, zu Chaka, der vorn im Zelteingang das warme Orangerot der Abendsonne angenommen hatte.

»Zum Glück bist du da«, sagte Lilly.

Die kleine Dame lächelte unter ihrem Tropenhelm. »Nicht wahr, das ist ein feiner Zufall.« Sie zog eine zusammengefaltete Karte aus ihrem Rucksack. »Chaka und ich haben uns im Dorf eine Wanderkarte besorgt. Habt ihr Lust, morgen zu einer ersten Bergsalafari aufzubrechen?«

Die allererste Bergsalafari

Als Lilly am nächsten Morgen über die Kante des Schlafbodens nach unten lugte, war es stockfinster. Mama und Papa, Karlchen und Bruno schliefen noch. Nur von der Eckbank neben dem Ofen leuchteten ihr vier grüne Katzenaugen entgegen. Gut, dass Pim draußen im Flur an der Haustür schlief. Omas Katzen machten ihn ganz verrückt.

Leise kletterte Lilly die Leiter hinunter und tastete sich durch die Dunkelheit in Richtung Bad. Sie hatte gar nicht gut geschlafen und sich von einer Seite auf die andere gewälzt.

Warum war Oma Anni nur so blöd? Lag es wirklich daran, dass sie schon so lange allein auf dem Berg lebte, wie Mama meinte? Lilly fand den Lichtschalter und schlüpfte ins Bad. Auch hier war alles aus Holz. Sogar die Klobrille! Wenn Oma nur einmal lächeln würde, wäre alles gleich viel schöner. Aber das konnte sie wohl nicht, obwohl Mama und Papa den ganzen Abend über versucht hatten, ihr etwas Schönes vom Brezelhaus, der Fahrradwerkstatt und der Backstube zu erzählen. Oma war keine zehn Minuten sitzen geblieben. Papa hatte ein zerdrücktes Gesicht gemacht – wie ein schlapper Fahrradschlauch, aus dem alle Luft entwichen war.

Lilly drückte die Spülung und zog die Tür hinter sich zu. Sofort nach dem Frühstück wollten sie und Karlchen mit der kleinen Dame zu ihrer ersten Bergsalafari aufbrechen. Bei dem Gedanken an die kleine Dame fühlte Lilly sich sofort besser. Wie gut, dass sie mitgekommen war!

»Bist du's, Madl?« Eine krächzige Stimme ließ Lilly zusammenfahren.

Auf der anderen Seite der Stube huschte ein Schatten die Wand entlang. »Oma?«

»Schau mi ned so an, als wär i a Geist. I hob de Ziegn scho auf de Weidn bracht.«

Die Küchenvorhänge wurden mit einem Ruck aufgezogen. Oma nahm den zerbeulten Wasserkessel in die Hand und ließ Wasser hineinlaufen. »Wos stehst du rum wie a verschreckts Huhn? Mia wolln gleich frühstückn. Die Sonn geht auf.«

»Ich … ich weck die anderen.«

Mit müden Augen saß Familie Bär in der Stube um den gedeckten Tisch. »Wo ist denn der Kaffee?«, fragte Papa Bär und gähnte.

»Hier gibt es Tee und frische Ziegenmilch«, antwortete Oma und schenkte den Mädchen ein Glas schaumige Milch ein.

Papa griff schnell nach der Teekanne. »Dann nehm ich Tee.«

Durch das Fenster neben der Eckbank konnte Lilly die Berggipfel sehen. Wie sie im Morgenlicht leuchteten! Lilly wollte nur raus aus Omas düsterem Haus. Doch Karlchen war nicht fertig mit ihrem Brot und schlürfte Ziegenmilch.

»Beeil dich«, flüsterte Lilly ihr zu.

»Wollen wir heute alle gemeinsam in den Wald gehen?«, schlug Mama Bär vor.

»Wozu?«, fragte Oma. »Is ned Pilzzeit.«

Mama Bär lächelte tapfer weiter. »Ich dachte, wir machen alle zusammen einen schönen Spaziergang. Bruno kommt in die Kiepe und …«

Oma schob ihren Stuhl zurück. »Na, i mua gleich raus zur Sissi und noch ihr schaun.«

»War der Tierarzt schon da?«, fragte Papa.

»Zwoamal! Aber da Doktor find jo nix. Und des Dach vom Hühnerstadl is undicht. Do muss i nauf.«

Mama und Papa wechselten einen Blick. »Ich helf dir«, bot Papa an.

Lilly merkte, wie Karlchen sie unterm Tisch anstupste. »Mami, dürfen wir dann draußen spielen?«

Oma nahm die Teller vom Tisch, obwohl Mama und Papa mit dem Frühstück gar nicht fertig waren. »Zum Mittag bin i wieder do und koch uns wos.« Scheppernd stellte sie das Geschirr ins Spülbecken. »Das Werkzeug findest du im Schuppen hinter dem Stall.« Sie klopfte drei Mal auf den Holzbalken. »Pass auf deine Knochen auf.«

»Ich pass auf«, sagte Papa.

Oma nahm ihren großen Schlapphut vom Haken, der mit Pilzen und Feder geschmückt war, zog eine Strickjacke über und ging.

Mama gab Bruno ein Küsschen und seufzte. »Dann machen deine großen Schwestern jetzt eine Runde mit Pim, und danach unternehmen wir etwas Schönes zusammen.«

»Öre-öre«, gluckste Bruno.

Nachdem Lilly und Karlchen Pim gefüttert und ihm aus der Hausquelle frisches Wasser gegeben hatten, brachen sie auf. Pim hob schnuppernd den Kopf. Direkt über ihm in dem alten Holunder saß die rot gefleckte Katze. »Nicht!«, rief Lilly.

Schon sprang Pim auf den Baum zu und bellte. Lilly zog ihn mit aller Kraft weiter. Da entdeckte Pim die grau getigerte Katze, die auf der Fensterbank lag. Die musste auch angebellt werden. Fauchend sprang die Katze auf und machte einen Buckel.

Lilly konnte Pim gerade noch von der Hauswand wegziehen, da zischte die Katze schon mit ihren Krallen in Pims Richtung. »Wenn du nicht aufpasst, erwischen sie dich.«

Mit Karlchens Hilfe gelang es Lilly, Pim an den Katzen vorbeizuziehen.

»Wie die kleine Dame wohl in ihrem Baumzelt geschlafen hat?«, überlegte Lilly.

»Bestimmt ganz fabulös«, meinte Karlchen.

Vor dem Ziegengatter machten sie halt. »Ich glaube, mit Pim ist es besser, wenn wir außenrum gehen«, sagte Lilly.

Pim sah das ganz anders und versuchte bellend, unter dem Gatter hindurchzuschlüpfen.

Karlchen winkte den Ziegen zu. »Nächstes Mal bringen wir euch was Leckeres mit. Versprochen!«

Der Weg außen um die Weide war deutlich länger, aber endlich hatten sie den Saum des Waldes erreicht und konnten auf der anderen Seite zum Hochsitz zurücklaufen.

Lilly sah gleich, dass der Reißverschluss des Zelts geschlossen und die Strickleiter zwischen den Tannenzweigen gut versteckt festgebunden war.

»Meinst du, sie ist ohne uns aufgebrochen?«, fragte Karlchen.

»Nein«, setzte Lilly an, aber ehe sie weiterreden konnte, wedelte Pim mit dem Schwanz. WUFF! Er schnüffelte aufgeregt am Boden. Das roch ganz eindeutig nach kleiner Dame!

Lilly sah Pim an. »Such die kleine Dame, such!«

Das ließ Pim sich nicht zweimal sagen. Die schwarze Schnauze fest ins Gras gepresst, folgte er der Spur, vorbei an einem großen Brombeerbusch, quer durch ein Haselnussdickicht, unter einem Dutzend alter Zirben hindurch, bis sie zu einer kleinen Lichtung kamen.

WUFF!

»Sehr gut, Pim!« Lilly zog ein Hundeleckerli aus der Hosentasche, das mit einem Zungenschlapp verschwand.

Die kleine Dame saß auf der Lichtung. Vor ihr im Gras lag das aufgeschlagene Salafaribuch, und in der Hand hielt sie einen feinen Pinsel.

»Wir sind da«, rief Karlchen und hockte sich neben die kleine Dame.

»Wollen wir los?«, fragte Lilly.

»Nur noch einen winzigen Moment«, sagte die kleine Dame und tauchte den Pinsel in ihren Tuschkasten.

»Was malst du da?«, wollte Karlchen wissen.

Lilly betrachtete das Bild der silbrig grauen Blume, deren Blütenblätter wie kleine Schwerter aussahen.

Die kleine Dame malte in einem Schwung den Stängel der Blume. »Das ist eine *Carlina acaulis,* die Silberdistel.«

»Warum zupfst du nicht einfach ein paar Blätter und Blüten ab und presst sie?«, fragte Karlchen.

»So wie du es uns in Hamburg gezeigt hast«, meinte Lilly.

Die kleine Dame pustete über das Papier. »Diese Gewächse sind viel zu selten.« Sie zeigte auf einen hellblauen Schmetterling, der auf der Distelblüte landete. »Wir wollen ihm doch nicht sein Frühstück wegnehmen.«

Einen Moment später klopfte die kleine Dame sich das Gras von ihrem Salafarirock und sah zu Chaka rüber. »Mein Freund, wir brechen auf.«

»Am besten spannst du gleich deinen Schirm auf«, sagte Lilly und reichte der kleinen Dame das Oberteil.

»Wie soll ich denn chamäleonisieren und gleichzeitig meine Messungen durchführen?«

»Es ist wegen Oma«, sagte Karlchen.

»Pieperlipo.« Die kleine Dame winkte ab. »Solange wir

hier oben im Wald von den Tannen und Gräsern geschützt sind, sieht eure Oma mich bestimmt nicht. Und um ihr Haus machen wir einen Riesenbogen.«

»Unsere Oma ist aber nicht nur unten bei ihrem Haus. Sie schaut nach ihrer Kuh, und die steht irgendwo hier oben.«

Die kleine Dame machte ein interessiertes Gesicht. »Meinst du die arme, kranke Kuh? Die haben Chaka und ich gestern bei unserem Abendspaziergang gesehen. Geht es ihr nicht besser?«

»Nee, leider gar nicht.« Lilly löste Pim von der Leine.

»Und deshalb hat Oma eine ganz miese Stimmung«, sagte Karlchen.

Die kleine Dame nickte verständnisvoll. »Ja, das schlägt aufs Gemüt, wenn dein Tier krank ist.«

Ob Oma überhaupt ein Gemüt hatte? Da war Lilly sich nicht sicher. »Der Tierarzt wird noch mal kommen«, erzählte sie.

Die kleine Dame klappte das Oberteil ihres Schirms auf. »Verstehe.« Sie blickte zu Chaka. »Kommst du bitte, wir wollen nicht riskieren, dass wir gleich auf unserer ersten Salafari der Oma und dem Bergdoktor in die Arme laufen.«

Mit einem Augenrollen verschwand Chaka im Oberteil des Schirms, und die kleine Dame chamäleonisierte im herrlichsten Wiesensprengselgrün, sodass Lilly, Karlchen und Pim zweimal hinsehen mussten, um sie zu entdecken.

»Wenn ich chamäleonisiere, würdet ihr dann für mich die Messungen durchführen?«

Der erste Teil der Wanderung führte sie quer durch den Wald immer bergan. Als sie den höchsten Punkt erreicht hatten, gab die kleine Dame Lilly die Karte.

»Zunächst bestimmen wir die exakte Höhe über dem Meeresspiegel.«

Lilly tippte auf die Karte. »Wir sind genau 897 m hoch.«

»Herrlichst bergigst«, rief die kleine Dame und drehte sich vergnügt um die eigene Achse.

Karlchen trug den Wert in das Salafaribuch der kleinen Dame ein und weiter ging es. Nun führte sie der schmale Trampelpfad in einem weiten Bogen immer dichter an den Rand des Waldstücks. Beim nächsten Wegweiser schauten sie wieder auf die Karte.

»Seht nur, wir sind auf die andere Seite des Waldes gewandert.« Die kleine Dame blickte zu Karlchen. »Zeit für eine weitere Messung. Mein Thermometer, bitte.«

Karlchen holte das Thermometer aus dem Rucksack und hielt es in der Hand, bis die blaue Säule nicht mehr stieg. »19 ° Celsius.«

Lilly trug die Temperatur in das Salafaribuch der kleinen Dame ein.

»Das bedeutet, dass wir hundert Höhenmeter gegangen sind.«

»Was sind Höhenmeter?«, fragte Karlchen.

Die kleine Dame zeigte nach oben. »Das heißt hundert Meter nach oben.«

»Woher weißt du das?«, fragte Lilly.

»Unten vor meinem Zelt habe ich 20° gemessen. Und da die Temperatur alle 100 Meter um 1° fällt, sind wir 100 Meter hochgestiegen.«

»Alle 100 Meter wird es kälter«, sagte Lilly nachdenklich. »Liegt deswegen oben auf den Bergspitzen manchmal Schnee, sogar im Sommer?«

Die kleine Dame strahlte sie an. »Genauso ist es! Mal sehen, welchen Berggeheimnissen wir hier noch auf die Spur kommen.«

Und sie wanderten weiter. Das Waldstückchen war

größer, als es auf der Karte aussah. Nun führte der Weg wieder bergab. »Ich hab Durst«, sagte Karlchen.

»Ich auch«, sagte Lilly und ließ sich ins Gras fallen. »Und mir tun die Füße weh.«

»Mir auch«, sagte die kleine Dame und machte ein überraschtes Gesicht. »Mir auch.«

Sie klappte den Schirm zusammen, holte eine Trinkflasche aus dem Rucksack und nahm einen großen Schluck. »Ihr habt eure Trinkflaschen doch dabei?«

Lilly und Karlchen schüttelten den Kopf. Die hatten sie ganz vergessen. Die kleine Dame teilte mit ihnen ihr Wasser. »Und lasst etwas für Pim übrig.«

Karlchen hielt ihre Hände wie eine Schale zusammen, und Lilly goss für Pim Wasser hinein.

Geräuschvoll schlabberte der Hund aus Karlchens Händen. Plötzlich horchte Lilly auf. Da war noch ein anderes Geräusch. Ein tiefes Dingeln und Dongeln.

Schnell duckten sie sich alle hinter den niedrigen Büschen, die am Waldrand standen, und spähten zu der Weide hinüber. Ein großer Schlapphut mit Pilzen und Feder blitzte auf.

»Oma!«, sagte Lilly so leise, dass nur Karlchen und die kleine Dame sie hören konnten.

Mit einem Griff öffnete die kleine Dame ihren Schirm wieder und verschmolz augenblicklich mit der Fichte, vor der sie stand.

Pim drückte sich an den Boden, Karlchen und Lilly legten sich hinter den Busch. Neben Oma trottete eine hellbraune Kuh mit einer großen Glocke um den Hals und ließ den Kopf hängen. Lilly konnte auf die Entfernung nicht hören, was Oma zu der Kuh sagte, aber nachdem sie ihr ganz lieb über Hals und Kopf gestreichelt hatte, drehte sie sich um und ging.

Kurz bevor Oma hinter den Tannen verschwand, drehte sie sich noch einmal nach der Kuh um, und ihr Blick wanderte bis zum Waldrand. Lilly hielt die Luft an. Doch nach einem kurzen Moment wandte Oma sich ab und verschwand den Hang hinunter.

Ohne auf die anderen Kühe zu achten, die ein Stück weiter grasten, stellte Sissi sich unter einen der schiefen Apfelbäume und ließ den Kopf hängen.

Die kleine Dame sah es sich eine Weile an. »Ich fürchte, es geht dieser Kuh ganz und gar nicht gut.«

»Nein, sie sieht traurig aus«, meinte Karlchen.

»Sie grast nicht! Sie muht nicht. Sie wedelt nicht einmal mit dem Schwanz die Fliegen weg!« Die kleine Dame reckte ihr Kinn entschlossen vor. »Ich denke, ich sollte einmal mit ihr reden.«

Lillys Herz begann, schneller zu klopfen. Die kleine Dame konnte ja mit den Tieren sprechen. »Wir müssen nur aufpassen …«

»… dass eure Oma mich nicht erwischt«, beendete die

kleine Dame den Satz. »Kommt schnell unter meinen Schirm. Wir pirschen uns an.« Dann sah sie zu Pim. »Und du darfst die Kuh nicht erschrecken, hörst du. Auch nicht im Spiel.«

Zum Zeichen, dass er die kleine Dame sehr gut verstanden hatte, bellte Pim leise und wedelte mit dem Schwanz.

Zu dritt rannten sie unter dem Schirm über die Weide. »Achtung, Kuhfladen«, rief die kleine Dame, und Lilly hüpfte im letzten Moment über den großen braunen Haufen.

Ein paar Schritte bevor sie die Kuh erreichten, drückte die kleine Dame Karlchen den Griff des Schirms in die Hand. »Gut festhalten.«

Karlchen schaute von unten in den Schirm. »Huhu, Chaka!«

Während die kleine Dame sich an ihrem Rucksack zu schaffen machte, sah Lilly die Kuh genauer an. Ihr fiel auf, dass die großen Augen glasig aussahen. Ob sie Fieber hatte?

»Ich glaube, wir können es wagen, den Schirm jetzt einzuklappen«, sagte die kleine Dame. »Außerdem ist es nicht höflich, mit jemanden zu sprechen, der einen nicht sehen kann.«

Erst als die kleine Dame den Schirm eingeklappt hatte, bemerkte Lilly, was die kleine Dame aus dem Rucksack geholt hatte. Es war die silberne Laterne! Die Laterne, in deren Licht jedes Kind die Sprache der Tiere versteht!

»Du ... du hast ja deine Laterne eingepackt«, sagte Lilly verwundert.

Die kleine Dame zündete die Kerze an. »Auf einer Salafari muss man auf alle Vielleichtigkeiten vorbereitet sein.« Sie winkte die Mädchen näher heran, bis sie gemeinsam mit der kleinen Dame, Pim und der Kuh im Schein der Laterne standen.

»Nicht erschrecken, meine Liebe«, begrüßte die kleine Dame die Kuh. »Wir haben gehört, dass es dir nicht gut geht?«

Die Kuh blinzelte zu ihnen hoch und schüttelte kaum merklich den Kopf. »Gar nicht gut, muh!«

»Oma macht sich richtig Sorgen um dich«, sagte Karlchen.

»Hast du Fieber?«, fragte Lilly.

Die großen, weichen Nüstern der Kuh zuckten. »Fieber? Muh, nein.«

»Fühlst du dich schlapp? Hast du Gliederschmerzen?«, hakte die kleine Dame nach. »Oder bist du womöglich von einer Schlange gebissen worden?«

Karlchen riss die Augen auf. »Hier gibt es Schlangen?«

Nun hob die Kuh ihren Kopf ein wenig

höher, sodass die Glocke an ihrem Hals leise dongelte. »Keine Schlange, muh. Ich habe Halsweh. Muh. Ich kann nichts schlucken und habe Muhbeschwerden.«

Die kleine Dame hob die große Glocke ein Stückchen an. »Bei so einer schweren Glocke hätte ich auch Halsschmerzen.«

Doch die Kuh schüttelte den Kopf. »Muh, es liegt nicht an der Glocke. Es tut im Hals weh. Ganz, ganz tief drin.«

Sanft streichelte die kleine Dame der Kuh über den Kopf. »Wir helfen dir«, versprach die kleine Dame und sah zu Lilly und Karlchen. »Wir müssen den Tierarzt dazu bringen, dass er in Sissis Hals schaut.«

Lilly fühlte sich ganz flau in der Magengegend. »Und wie sollen wir das anstellen?«

Karlchen knabberte an ihrer Unterlippe. »Wir reden mit Oma?«

Lilly schnaubte. »Wir können Oma doch nicht sagen, dass wir uns mit Sissi unterhalten haben.«

Die kleine Dame gab ihnen ein Zeichen, ihr zu folgen. »Nein, wir werden uns etwas anderes einfallen lassen.«

Ein Geheimnis kommt ans Licht

Lilly und Karlchen begleiteten die kleine Dame bis zu den Tannen, zwischen deren luftigen Zweigen ihr Zelt versteckt war. Und erst, als sie unter der Strickleiter standen, klappte die kleine Dame ihren Schirm wieder ein. »Gebt mir Bescheid, falls ihr meine Hilfe braucht«, sagte sie. Neben ihr kletterte Chaka die Leiter hoch. »Im Notfall komme ich jederzeit und rede mit eurer Oma.«

Da fühlte es sich in Lillys Bauch schon ein bisschen leichter an. Die kleine Dame schob das Oberteil ihres Schirms hinten in ihren Rucksack und fasste nach der Strickleiter. »Ich würde sie schrecklich gern fragen, welche Pilze sie am Hut trägt.«

Die kleine Dame wollte mit der Oma reden? »Das geht

nicht!«, entfuhr es Lilly. »Du weißt doch, sie darf dich auf gar keinen Fall sehen!«

»Jaja.« Die kleine Dame kletterte die ersten Sprossen hoch. »Ich weiß, ich weiß. Deshalb kommt sie auch nicht mit auf unsere Salafaris.«

Karlchen schüttelte den Kopf. »Oma weiß ja nicht einmal, was eine Salafari ist.«

Nun war die kleine Dame oben beim Eingang des Zelts angekommen und drehte sich zu ihnen um. »Kommen denn Mama und Papa Bär mit?«

Lilly und Karlchen wechselten einen Blick.

»Das geht nicht«, sagte Lilly.

»Wollen wir es ihnen nicht doch sagen?«, fragte Karlchen leise.

Es zwickte ganz komisch ins Lillys Bauch.

»Das wird bestimmt eine feine Überraschung für sie«, meinte die kleine Dame.

Als sie im Brezelhaus beschlossen hatten, dass die kleine Dame ganz zufällig auch in die Blauen Berge fahren würde, war das ein lustiges Spiel gewesen. Lilly hatte nicht bedacht, wie schwer es sein würde, etwas vor Mama und Papa geheim zu halten.

Ja, am liebsten hätte sie ihnen alles sofort erzählt. Aber würden sie nicht total sauer sein? »Lasst uns noch ein, zwei Tage warten, bis wir uns bei Oma richtig eingelebt haben«, schlug Lilly deshalb vor.

Karlchen machte ein enttäuschtes Gesicht. »Dann gehen wir morgen also nicht mit der kleinen Dame auf Salafari?«

Lilly schaute zum Eingang hoch, wo die kleine Dame saß und mit den Beinen baumelte. »Ich weiß nicht! Mama und Papa dürfen die kleine Dame eben nicht sehen.«

Da lächelte die kleine Dame. »Das ist wohl eine meiner leichtesten Übungen. Ein bisschen chamäleonisieren, und Chaka und ich sind so gut wie unsichtbar!«

Lilly und Karlchen machten sich mit Pim auf den Rückweg. Bereits von Weitem sahen sie Oma, die den Ziegenunterstand ausmistete. Karlchen nahm Pim wieder an die Leine und streichelte ihn. »Du darfst jetzt nicht bellen. Das mag Oma nicht.«

WUFF, machte Pim leise. Als ob er sich mit der Pilzoma anlegen wollte.

»Hallo!«, rief Lilly. »Wir sind wieder da.«

Oma schaufelte eine Forke Mist in die Schubkarre, richtete sich auf, und unter ihrer Hutkrempe blitzten die hellwachen Augen sie prüfend an. »No, habts eich verlaufen? Oder jemanden besucht? Ihr wart ja eine Ewigkeit fort.«

Besucht? Konnte Oma etwa ihre Gedanken lesen?

Lilly blinzelte zu den Ziegen rüber, die sich neben dem Unterstand an der Futterrinne drängelten. »Wir … wir sind mit Pim nur einmal um das ganze Waldstückchen gelaufen.«

»Ach so«, sagte Oma und nahm die nächste Ladung auf. »Aber jetzt könnt ihr mit anpacken?«

»Klar«, sagte Karlchen. »Wir können mit den Ziegen spielen.«

Oma grunzte. »Ihr könnt frisches Wasser holen. De Eima stehen dahinten.«

»Machen wir«, sagte Lilly und zog Karlchen mit. »Das ist doch eine super Gelegenheit, ihr das mit Sissis Hals zu sagen«, flüsterte sie.

»Wos hobt ihr do zu flüstern?« Oma nahm die Schubkarre hoch und fuhr auf sie zu.

Was hatte Oma nur für gute Ohren?

»Gar … gar nichts«, sagte Lilly. »Wir müssen Pim bloß vorn am Gatter anbinden, damit er nicht auf Katzenjagd geht.«

Der Wassertrog der Ziegen war lang und tief. Lilly und Karlchen schleppten einen Eimer nach dem anderen heran. Hinter ihnen mistete Oma alles gründlich aus, streute frisches, duftendes Stroh, und als sie ein großes Büschel Heu in die Futterraufe legte, kamen die Ziegen fröhlich meckernd von der Weide angelaufen. Die schneeweiße

rieb ihren Kopf an Omas Seite. »Du Feine«, hörte Lilly Oma ganz lieb sagen.

»Oma.« Lilly nahm all ihren Mut zusammen.

»Seid ihr fertig?« Oma sah von dem gut gefüllten Wassertrog zum Schuppen. »Dann stellt de Eima zrugg.«

Karlchen blinzelte gespannt zu Lilly.

»Wir … wir haben auf unserer Runde deine Kuh getroffen«, fing Lilly an. »Deine Sissi.«

»Die ist echt hübsch«, sagte Karlchen schnell und griff nach Lillys Hand.

Das fühlte sich schon ein bisschen besser an, fand Lilly.

»Wer hat eich des erlaubt?«, fragte Oma. »Ihr wisst, dass mei Kuh krank is. Die braucht ihr Ruah.«

»Genau deswegen wollen wir mit dir reden, Oma«, fuhr Lilly fort, ohne zu bemerken, dass unten am Haus die Tür aufging und Mama Bär mit Bruno den Hang hochkam.

Nicht einmal Pim begrüßte Mama Bär, denn er war vorn am Ziegengatter in der Sonne eingedöst.

»Wir wissen nämlich, was der Sissi fehlt«, sagte Karlchen.

Oma runzelte die Stirn. »Wos redst do fian Schmarrn?«

»Sie hat Halsweh«, sagte Lilly. »Ganz bestimmt. Und der Tierarzt muss mal in ihren Hals schauen!«

Nun schüttelte Oma heftig den Kopf. »Jesus-Maria, jetzt liagts mi aa no frech an!«

Karlchen stampfte mit dem Fuß auf. »Wir lügen gar nicht!«

»Sie hat es uns selbst gesagt«, rutschte es Lilly raus.

Oma stemmte die Hände in die Hüften. »Meine Sissi?!« Sie schüttelte missbilligend den Kopf. »Feine Madln hast du dir da großgezogen«, sagte sie zu Mama Bär und stapfte über die Weide davon.

Erst da bemerkten die Mädchen Mama Bär, die sie aus großen, fragenden Augen ansah. Ob sie alles gehört hatte?

»Ich glaube, wir haben etwas zu besprechen!«, sagte Mama.

Mit diesen Worten machte Mama auf dem Absatz kehrt

und ging mit Bruno auf dem Arm schnurstracks zu der Bank neben der Haustür. Hastig band Lilly Pim von dem Gatter ab und lief Mama und Karlchen hinterher.

Mama Bär legte Bruno in den Kinderwagen, setzte sich auf die Bank und verschränkte die Arme vor der Brust. »Habt ihr zwei mir vielleicht etwas zu sagen?«

Lilly schaute zu Boden.

»Mama, nicht böse sein«, sagte Karlchen.

»Wie kann es sein, dass Omas Kuh mit euch geredet hat?«, fragte Mama streng.

Lilly riskierte einen Blick. »Das war eigentlich nur zufällig«, fing Lilly an, aber Mama fiel ihr ins Wort.

»Zufällig? Also ich kenne nur eine einzige Person, die mit Tieren sprechen kann.« Sie holte tief Luft.

Lilly und Karlchen machten keinen Mucks.

»Ist die kleine Dame hier?«, fragte Mama.

»Ja«, sagten Lilly und Karlchen.

Mama Bär schüttelte mehrmals den Kopf. »Ich glaube, wir brauchen einen Familienrat.«

Papa Bär war beim Holzschuppen und schraubte an einem alten Fahrrad herum, als Mama, Lilly und Karlchen zu ihm kamen.

»Seht mal, ich hab den Drahtesel schon beinahe wieder fahrtüchtig!« Lachend gab er dem Hinterrad Schwung, dass es nur so sirrte.

»Wir brauchen einen Familienrat«, sagte Mama ernst.

Papa blinzelte verwirrt. »Hab ich was verpasst? Warum?«

Lilly versteckte ihre Hände hinter ihrem Rücken. »Wir müssen dir was sagen, Papa.«

»Es war aber nicht mit Absicht«, versicherte Karlchen.

»Kann mir bitte eine von euch verraten, was hier eigentlich los ist?«

Mama sah zu Lilly.

»Also, die … die kleine Dame ist auch hier.«

Papa starrte sie an. »Was?« Er sog die Luft ein wie ein Drachen, der gleich Feuer speien wollte. »DIE KLEINE DAME IST HIER? Seit wann?«

»Von Anfang an«, sagte Mama Bär mit einem Seufzer.

»Und das habt ihr uns nicht gesagt?« Papas Mund blieb offen stehen.

»Die kleine Dame wollte so gern auf Bergsalafari gehen, und ihr habt es einfach nicht erlaubt«, sagte Lilly.

»Dabei chamäleonisiert sie so fein, dass Oma sie sowieso nicht bemerkt«, mischte Karlchen sich ein. »Und ihr Zelt hängt …«

»Darum geht es jetzt gar nicht«, unterbrach Papa sie.

Lilly hob den Blick und sah Papa fest an. »Beim Familienrat lassen wir uns ausreden.«

Mama nickte wortlos.

Papa presste die Lippen zusammen. »Was wolltest du sagen, Karlchen?«

»Sie hat ein richtig klasse Versteck für ihr Zelt, das niemand findet.«

»Trotzdem hatten wir gesagt, dass wir die kleine Dame auf diese Reise nicht mitnehmen. Weil Oma so knurrig ist und bestimmt kein Chamäleonisieren mag«, erwiderte Papa.

»Ich weiß«, sagte Lilly zerknirscht. »Und es tut mir auch wirklich leid, dass wir euch nicht die Wahrheit gesagt haben.«

»Ganz doll leid«, sagte Karlchen.

Papa rieb sich die Stirn. »Egal, was ist«, sagte er. »Das Allerwichtigste ist, dass wir ehrlich miteinander sind.«

»Die kleine Dame wollte es euch auch sagen«, beichtete Lilly. »Aber ich hab mich nicht getraut.«

Mama strich ihr über den Kopf. »War es denn nicht total schwer, es uns nicht zu erzählen?«

Lilly schmiegte sich an Mama an. »Doch, sogar ganz furchtbar schwer.«

Papa zog Karlchen in den Arm und blickte zu Mama. »Wenn die kleine Dame nun schon einmal hier ist, müssen wir das Beste daraus machen.«

»Und das heißt?«, fragte Lilly mit zittriger Stimme.

»Erstens darf eure Oma sie auf gar keinen Fall sehen«, sagte Papa Bär bestimmt.

Die Mädchen nickten.

»Und zweitens geht ihr nur mit uns zusammen auf

Salafari«, sagte Mama. »Hier oben in den Bergen ist es nämlich nicht ungefährlich.«

»Versprochen«, sagten Lilly und Karlchen.

Und als Mama dann noch versprach, den Tierarzt zu bitten, sich Sissis Hals anzuschauen, fühlte Lilly sich endlich rundherum glücklich.

Fleckenmergel unter den Stiefeln

»Papa geht vor«, sagte Mama und hielt Karlchen und Lilly fest. Der Mann von der Seilbahn öffnete für Papa Bär extra die Schranke, damit er das Fahrrad hindurchschieben konnte. »Du machst heute eine schöne Radtour«, hatte Mama beim Frühstück zu ihm gesagt. Da hatte Papa sofort gelächelt. Denn Mama, Lilly und Karlchen wussten, dass Papa erst dann in seinem Element war, wenn er in die Pedalen treten konnte.

Lilly schob ihre Fahrkarte in den Automaten, das grüne Licht leuchtete auf, und sie ging durch das Drehkreuz. Hinter ihr folgten Karlchen mit Pim und Mama, die Bruno in der Kiepe trug.

Dann leuchtete das grüne Licht noch einmal, und wie-

der drehte sich das Kreuz. Der Seilbahnmann riss die Augen auf. »Hoppala, wos wor denn des? I glaub, i mua de Schrankn repariern!«

Lilly und Karlchen kicherten, als die kleine Dame unter ihrem aufgespannten Schirm neben sie trat. »Dabei hat die Schranke ganz wunderbar funkiert.«

Vor ihnen hob Papa das Rad in eine Gondel und winkte ihnen zu. »Wir sehen uns oben.«

»Die nächste nehmen wir«, sagte Mama, und schon öffnete sich die Tür der nächsten Gondel. Flink stiegen Mama, Lilly und die kleine Dame ein.

Karlchen stand draußen und versuchte, den

Hund in die Gondel zu schieben. »Los, Pim, mach hopp.«

Doch Pim stemmte sich mit allen vier Pfoten von der Gondel weg. »Mama, er will nicht rein.«

Die Gondel ruckelte.

»Ich helf dir«, sagte Lilly. »Wir müssen ihn reinheben.« Lilly griff nach Pims Vorderbeinen, Karlchen hob sein Hinterteil an, und gemeinsam hievten sie Pim in der allerletzten Sekunde in die Gondel. Karlchen konnte gerade hinterherhüpfen, da schlossen sich die Türen mit einem Zischen.

Pim zitterte am ganzen Körper. »Nohcs tug. Nohcs tug.« Die kleine Dame legte Pim die Hand auf den Kopf. »Du bist bei deinem Rudel.«

Trotzdem rührte Pim sich die ganze Fahrt über nicht. Die kleine Dame sah wie gebannt aus dem Fenster. In Lillys Bauch kribbelte es. Wie hoch sie waren! In der Ferne tauchten ganz klar blau schim-

mernde Gipfel auf. »Das sind die Blauen Berge«, erklärte Mama.

Karlchen wedelte mit den Armen, dass die ganze Gondel schaukelte. »Wir fliegen!«

»Still sitzen«, sagte Mama.

Und höher ging es. Unter ihnen schrumpfte die Talstation zu einem winzigen Spielzeug. Sie konnten die Tannenwipfel von oben sehen. Lillys Herz schlug ganz wild, weil alles so schön war.

Nach fünf aufregenden Minuten hatten sie die Bergstation erreicht. Papa wartete bereits mit seinem Rad. Über den Sitz hatte er eine große Karte ausgebreitet, die Oma ihm geliehen hatte.

»Für die blaue Runde brauche ich höchstens zweieinhalb Stunden«, sagte er und fuhr mit dem Finger die blaue Linie nach.

Mama zeigte auf den kürzesten Rundweg. »Wir nehmen den roten. Mit Bruno auf dem Rücken bin ich nicht so schnell, und wir wollen ja auch eine schöne Brotzeit machen.«

»Ich dachte, wir machen eine Bergsalafari«, sagte Lilly. »Und keine Babyrunde.«

Mama lachte. »Aber wir haben ein Baby dabei.«

»Ist es auch wirklich in Ordnung, wenn ich dir mit Bruno nicht helfe?«, fragte Papa.

»Radel los«, sagte Mama. »Wir bekommen das wunderbar hin.«

Ganz so wunderbar fand Lilly es nicht, aber sie wollte Papa nicht den Spaß verderben. Schon gar nicht nach der Sache mit der kleinen Dame! »Wir schaffen das, Papa«, sagte sie und sah sich nach der kleinen Dame um. Vielleicht konnte sie Mama überzeugen, dass sie für eine echte Salafari mindestens den grünen Rundweg nehmen mussten.

Aber wo war die kleine Dame?

Lilly entdeckte sie ein paar Meter neben dem Weg. Sie stand zusammen mit Karlchen und Pim vor einem großen Felsen. Hoch konzentriert klopfte die kleine Dame mit Hammer und Meißel gegen den Fels, bis sich ein kleiner Brocken löste. »Fleckenmergel! Meine erste Gesteinsprobe«, sagte sie und legte das weiß-graue Steinchen in ihre Sammelkiste.

Die Salafari hatte ja schon begonnen!

Und das Schönste war, in ihrem feinen Salafarikostüm fiel die kleine Dame kein bisschen auf. Da waren Männer und Frauen mit Metallstöcken, die sie bei jedem Schritt vor sich in die Erde

piksten. Lilly sah Hosen mit Reißverschluss am Knie und Hüte mit eingebauter Kamera! Nein, die kleine Dame fiel wirklich nicht auf.

Je weiter sie sich von der Station entfernten, desto weniger Wanderer begegneten ihnen. Der Weg stieg stetig an. Rechts und links schmiegten sich blumenübersäte Wiesen an die Hänge, über die Hunderte von Schmetterlingen tanzten. Pim streifte frei durch das Gras, und Lilly fühlte sich unter dem blauen Sommerhimmel so leicht wie eine Feder.

Hinter ihr schnaufte Mama. »Nicht so schnell!«

»Wir laufen nur bis zur nächsten Kurve«, rief Lilly. Doch als Lilly und Karlchen lossausen wollten, blieb die kleine Dame stehen. »Kennt ihr denn die vierte Dschungelregel nicht mehr?«

Die vierte Regel? Die wollte Lilly gerade überhaupt nicht einfallen.

»Wir lassen niemanden zurück«, sagte die kleine Dame. »Und auf einer Bergsalafari schon gar nicht. Da geht die ganze Gruppe nicht schneller als ihr langsamstes Glied.«

»Aber Mama ist so langsam wie eine Schnecke!«

»Ich bin keine Schnecke.« Mama kitzelte Lilly an den Seiten. »Eher ein Lastesel.« Bei diesen Worten nahm sie die Kiepe vom Rücken und stellte sie ab. Sofort kam Pim angelaufen und leckte über Brunos Gesicht. Der Kleine juchzte und gluckste.

»Bruno ist doch babyleicht«, stellte Karlchen mit Expertenmiene fest.

Mamas Wangen waren gerötet, und ihre Haare klebten unter dem Käppi an der Stirn. »Du trägst ihn ja nicht.«

»Wie sollte ich denn dann hopsen und springen?«, fragte Karlchen.

»Ich würde dir gern helfen«, sagte die kleine Dame. »Aber ich fürchte, die Kiepe ist für mich ein Stückchen zu groß.«

»Ich kann ihn nehmen«, bot Lilly an.

Doch davon wollte Mama Bär nichts hören. Nach einer kleinen Verschnaufpause nahm sie die Kiepe wieder hoch und stiefelte weiter.

Nur ein kurzes Stück hinter der nächsten Bergkuppe fanden sie eine schöne Mulde, die im Schatten einer Tannengruppe lag.

»Pause!«, verkündete Mama Bär und setzte die Kiepe ab. Lilly half ihr, Bruno herauszunehmen, und trug ihn auf dem Arm. Ihr kleiner Bruder griff nach ihren Haaren und lachte.

»Du bist echt ein ganz schöner Brocken«, sagte sie und legte ihn auf die Decke.

Mama Bär packte Brot, Ziegenkäse und frisch gebackene Muffins aus. Die kleine Dame stellte eine Dose mit winzigen Walderdbeeren daneben und schenkte allen

Tee ein. Karlchen kümmerte sich wieder um das Wasser für Pim. Als sie gegessen und getrunken hatte, streckte Mama Bär sich neben Bruno auf der Decke aus. »Ich glaube, Bruno und ich machen für einen Moment die Augen zu, bevor es weitergeht.« So kam es, dass die kleine Dame, Lilly und Karlchen das Gelände rund um die Tannen erkundeten, während Mama Bär von Kühen und Feuersalamandern träumte.

»Still«, flüsterte die kleine Dame und reichte Lilly das Fernglas. »Seht ihr den kleinen Vogel da oben, der an dem Zapfen zupft?«

Karlchen reckte den Hals. »Wo?«

»Er hat eine grüne Brust«, wisperte Lilly. Durch das Fernglas konnte sie beobachten, wie der Vogel auf dem Zweig weiterhüpfte und an einer Knospe pickte.

»Ich will auch gucken«, drängelte Karlchen.

Lilly gab ihr das Fernglas. »Weißt du, wie er heißt?«, fragte sie die kleine Dame.

»*Carduelis citrinella,* der Zitronenzeisig. Im Frühling und Sommer kommt er in die Berge. Aber den Winter verbringt er lieber im warmen Südeuropa.« Sie zog ihr Salafaribuch und ein Stiftmäppchen hervor und begann, den Vogel mit wenigen feinen Strichen zu zeichnen.

»Oh, schaut mal, da ist noch ein anderer Vogel gelandet!« Karlchen zeigte auf den nächsten Baum. Der schwarze Vogel saß so nah, dass Lilly kein Fernglas brauchte, um ihn zu erkennen.

»Das ist eine Amsel.«

Die kleine Dame zog die Stirn kraus. »Ich weiß nicht, ob ...«

In diesem Moment drehte der Vogel sich zu ihnen. Auf seiner schwarzen Brust trug er ein halbmondförmiges weißes Schild. »Dachte ich's mir doch: *Turdus torquatus«,* sagte die kleine Dame. »Eine Ringdrossel.«

»Kann ich die malen?«, fragte Lilly.

»Und ich den grünen?«, meldete sich Karlchen.

Die kleine Dame zog zwei weitere Salafarihefte aus ihrem Rucksack. »Die gehören euch.«

Mit den Stiften der kleinen Dame ließ es sich herrlich malen: den Zitronenzeisig, die Ringdrossel, einen besonders großen Tannenzapfen, eine Gruppe tellerförmiger Baumpilze und Schmetterlinge in allen Farben. Lilly merkte gar nicht, wie die Zeit dahinflog, und als Mama sie rief, stellten sie überrascht fest, dass es bereits Zeit war, zur Bergstation zurückzukehren, um sich mit Papa Bär zu treffen.

Während die Gondel an dem Drahtseil nach unten glitt, kam es Lilly vor, als würde sie nach unten segeln. Neben ihr rieb die kleine Dame sich Arme und Beine.

»Kitzelt dich was?«, fragte Lilly.

Die kleine Dame zupfte am Ärmelaufschlag ihrer Jacke. »Ich weiß gar nicht, wo es herkommt. Aber in meinen Armen und Beinen zieht es so komisch.«

»Du hast bestimmt Muskelkater«, vermutete Karlchen. »Vom vielen Wandern.«

»So weit sind wir doch gar nicht gewandert«, meinte Lilly und schaute zur kleinen Dame.

»Morgen ist es wieder besser«, sagte die kleine Dame und nahm den Saum ihres Salafarirocks hoch. »Seltwürdig, bei der letzten Wäsche muss mein Rock eingelaufen sein.«

Lilly sah überrascht hin. Erst jetzt, wo die kleine Dame es sagte, fiel Lilly auf, dass der Rock gar nicht mehr bis zu ihren Schnürstiefeln reichte.

Die kleine Dame streichelte Chakas Rücken. »Dabei habe ich ihn extra im Schongang gewaschen.«

»Ist ja nur ein Ministückchen. Das fällt kaum auf«, sagte Lilly.

Die kleine Dame nickte. Aber Lilly merkte, wie sie mit dem Chamäleon einen Blick wechselte. »Zum Glück habe ich eine Wechselgarnitur eingepackt.«

Abends, als Familie Bär gemeinsam mit der Oma an dem Holztisch vor dem Haus saß, ging Lilly die Sache mit den eingelaufenen Kleidern der kleinen Dame nach. Irgendetwas daran war komisch. Lilly konnte nur nicht sagen, was.

Die frische Bergluft hatte Pim so müde gemacht, dass er sogar still neben der Bank liegen blieb, als erst die rot gefleckte und dann die graue Katze auf die Bank sprangen und sich auf Omas Schoß einrollten.

Mama Bär kam mit dem großen Tablett nach draußen und begann, den Tisch abzuräumen. »Papa bringt Brunolein ins Bett.«

Lilly zeigte zu der Öffnung, die sich oben im Hausgiebel über dem Fenster befand. »Warum fehlt da ein Brett? Regnet es dort nicht rein?«

»Das ist die Öffnung für den alten Seilzug. Früher war der Schlafboden ein Heuboden.« Mama zeigte zu dem Fenster hinauf. »Und dort, wo jetzt das Fenster ist, war die Luke, durch die die Heuballen reingeholt wurden. Als ich das letzte Mal hier war, hat dort ein Käuzchenpaar genistet.«

»Was sind Käuzchen?«, fragte Karlchen, die ihr Salafariheft vor sich aufgeschlagen hatte und an ihrem Bergwiesenbild malte.

»Käuzchen sind Eulen«, sagte Lilly.

Oma Anni nickte. »Des is richtig.«

Karlchen sah von ihrem Heft auf. »Und wo sind die Käuzchen jetzt, Oma?«

»Des is fia eich Stadtmadln gar ned spannend.«

»Klar ist das für uns spannend«, widersprach Lilly.

Karlchen schob Oma ihr Heft rüber. »Das hab ich heute gemalt.«

Oma warf einen kurzen Blick auf die Zeichnung. »Hosd du dia des ausdachd?«

»Aber Oma, das ist ein Zitronenzeisig! Den hab ich mir nicht ausgedacht, den haben wir gesehen!«

Nun sah Oma genauer in das Heft. »Schau mal einer an, das ist ja wirklich ein Girlitz.«

»Zitronenzeisig«, sagte Lilly und klappte nun ihr Heft auf. »Und eine Ringdrossel haben wir auch beobachtet.«

»Und die kleine Dame …«, plapperte Karlchen los.

Da gab Lilly ihr schnell einen Tritt unterm Tisch. »Pst!«

Oma hatte aber gar nicht richtig zugehört, sondern betrachtete immer noch Lillys Zeichnung. »Soll i eich de Käuzchen einmal zeign? I hätt a Vogelbuch, do san se drin. Es wor a Waldkäuzchenpaar.«

»Ja!«, riefen Lilly und Karlchen.

Und während Oma ins Haus ging, um das Buch zu holen, sah Lilly über die Weide den Hügel hinauf zu den hohen Zirbentannen.

Zwischen den Zweigen blinkte ein Licht auf, und ohne dass Lilly und Karlchen ein Wort sagen mussten, wussten sie beide, dass die kleine Dame ihre silberne Laterne angezündet hatte.

Kuhzisch für Anfänger

Lilly und Karlchen saßen gemeinsam mit Mama und Papa draußen am gedeckten Frühstückstisch. Papa schuckelte mit einer Hand den Kinderwagen, in dem Bruno übte, sich vom Rücken auf den Bauch zu drehen, und Pim beobachtete von seinem Platz unterm Tisch die zwei Katzen, die sich auf der Fensterbank in der Sonne rekelten, als Oma im Laufschritt zum Haus zurückkam. Der Hut auf ihrem Kopf saß schief, und ihre Strickjacke war falsch zugeknöpft. »I mua sofort den Doktor oruaffa. De Sissi frisst oiwei no ned!«, rief sie.

»Das ist wegen der Halsschmerzen«, rutschte es Lilly raus.

Oma warf ihr einen genervten Blick zu. »Fängst scho wieda mit dem Schmarrn an?«

Mama Bär stand auf. »Wieso, der Doktor könnte ja mal in Sissis Hals schauen. Schadet doch nichts.«

Kopfschüttelnd rannte Oma ins Haus. »So an Blödsinn hör i ma ned an.« Hinter ihr fiel die Haustür ins Schloss.

»War das wieder die Gewitterhexe?« Um Papa Bärs Mundwinkel zuckte ein Grinsen. »Wenn wir nicht aufpassen, verzaubert deine Mutter uns in Mäuse.«

»Das finde ich überhaupt nicht witzig!«, fauchte Mama. »Wenn sie bloß nicht so verdammt störrisch wäre. Ich fürchte, die Mädchen und die kleine Dame werden sich etwas anderes überlegen müssen, um der armen Sissi zu helfen.«

Papa blickte sich um. »Wo sind die Mädchen denn überhaupt?«

Ja, wo waren Lilly und Karlchen?

»Wir brauchen die kleine Dame«, hatte Lilly gesagt. Und während Mama und Papa mit der Oma beschäftigt waren, sprangen die beiden flink von der Bank und machten sich eilig auf den Weg zum Wald.

Oben im Wald klopfte die kleine Dame sacht gegen das Glas ihres Kompasses. »Allerhöchst interessant! Chaka, siehst du? Das Magnetfeld scheint hier oben sächtatlich verschoben zu sein. Genau wie Herr Kreideweiß es beschrieben hat!«

Den Blick auf die Kompassnadel geheftet, blieb sie plötzlich stehen und fasste nach ihrem Bein. »Geht das schon wieder los?«

Chaka legte den Kopf schief und schrieb in die Luft. »Rechts oder links?«

»Beide Beine! Ich verstehe einfach nicht, warum mir hier oben alles so wehtut.«

Hinter ihnen flog keckernd ein Vogel auf.

In diesem Moment schoben Lilly und Karlchen sich zwischen den dichten Büschen hindurch.

Die kleine Dame beugte sich zu Chaka. »Kein Wort zu den Mädchen. Ich will nicht, dass sie sich Sorgen machen«, raunte sie ihrem Chamäleon zu.

»Du ... du musst kommen!«, rief Lilly.

Karlchen kam hinterher. »Wir brauchen dich!«

Die kleine Dame ließ den Kompass sinken. »Das klingt dringend!«

Lilly nickte heftig. »Es geht um Sissi!«

»Sie hat so schlimmes Halsweh!«, sagte Karlchen.

»Hat der Doktor ihren Hals denn nicht untersucht?«, fragte die kleine Dame.

»Nein!«, rief Karlchen.

»Oma will einfach nicht auf uns hören«, sagte Lilly.

Die kleine Dame steckte den Kompass in ihre Tasche. »Und er ist jetzt bei Sissi?«

Karlchen nickte. »Genau!«

Lilly blinzelte. Täuschte sie sich? Oder waren die Ärmel der Jacke der kleinen Dame heute kürzer als gestern? War die Jacke etwa auch eingelaufen?

»Aber wie können Chaka und ich euch helfen?«, unterbrach die kleine Dame Lillys Gedanken. »Wir haben euren Eltern doch versprochen, dass ich mich eurer Oma nicht zeige.«

»Kannst du es dem Doktor nicht ins Ohr flüstern, während du chamäleonisierst?«, schlug Lilly vor.

»Wie ein Gespenst? Bekommt er dann nicht Angst?«, fragte die kleine Dame.

»Dann sagst du es wie ein liebes Gespenst.« Karlchen griff nach der Hand der kleinen Dame. »Wenn wir uns nicht beeilen, verpassen wir den Doktor noch, und dann können wir Sissi nicht helfen!«

Die kleine Dame packte ihr Schirmoberteil und nahm Chaka auf den Arm. »Los geht's!«

Noch bevor sie aus dem Wald auf die Weide traten, konnten sie den Doktor, Oma und die Kuh sehen.

Der Tierarzt hatte sein Stethoskop aufgesetzt und hörte die Kuh gründlich ab. Oma blickte überrascht auf, als

Lilly und Karlchen aus dem Wald traten. Die kleine Dame, die direkt hinter ihnen chamäleonisierte, bemerkte sie nicht. »Sehen Sie, wie abgemagert sie ist?«, sagte Oma zum Doktor.

»Seit wie vielen Tagen hat die Sissi nichts gefressen?«

»Fünf, sechs Tage sicherlich.«

»Die Arme«, sagte Lilly und machte unauffällig einen Schritt zur Seite, damit die kleine Dame hinter ihr vorbeihuschen konnte.

»Hast du herausgefunden, was Sissi fehlt?«, fragte Karlchen den Doktor.

Zwischen Sissis Beinen konnte Lilly sehen, wie sich das Gras auf der anderen Seite bewegte. Das war die kleine Dame!

Der Tierarzt nahm das Stethoskop ab. »Das Seltsame ist, dass ich einfach nichts finden kann. Keine Verletzung. Kein Fieber. Kurzum, die Sissi ist eine kerngesunde Kuh.«

»Kerngesund?«, jammerte Oma. »Aber sie frisst ja net!«

Lilly sah, wie sich hinter dem Hals der Kuh die Schirmspitze immer dichter an den Doktor heranschob.

»Es ist nicht außen, sondern innen«, hörte Lilly eine leise Stimme.

Der Doktor schaute sich verwirrt um. »Habt ihr etwas gesagt?«, fragte er Lilly und Karlchen.

»Nein.«

Er runzelte die Stirn. »Innen? Ja, sie könnte natürlich vor ein paar Tagen etwas Falsches gefressen haben.« Vorsichtig tastete er Sissis braunen Kuhbauch ab. Kopfschüttelnd kam er hoch. »Nein, nein, hier ist nichts geschwollen oder aufgebläht.«

»Es ist nicht der Bauch, sondern der Hals«, wisperte da die Stimme.

Der Doktor sah zur Oma. »Hören Sie das auch?«

Lilly sah an Omas verärgertem Gesicht, dass sie gar nicht zufrieden mit dem Doktor war. »Na, aber jetzt sagn S' ma endlich, wos meina Siss fehlt!«

Der Doktor holte eine große Spritze aus seiner Tasche. »Ich werde eine Blutuntersuchung machen. Dann wissen wir mehr.«

MUH! Sissi legte den Rückwärtsgang ein und wich vor dem Doktor zurück.

»Könnten es nicht vielleicht Halsweh sein?«, mischte Lilly sich ein.

»Pst, pst!«, zischte Oma. »I hob doch gsagt, dass i von dem Schmarrn nix mehr hörn wui.«

Der Doktor lächelte. »Kühe bekommen fast nie Halsschmerzen.«

»Verzeihen Sie, mein Herr, aber da muss ich Ihnen aufs Entschiedenste widersprechen!«

Lilly und Karlchen blieb die Luft weg.

Die kleine Dame hatte ihren Schirm eingeklappt und trat vor.

Der Doktor rieb sich die Augen.

Oma schnappte nach Luft und spuckte schnell dreimal auf den Boden. »Eine Bergische!«, flüsterte sie. »Eine vom dunklen Volk!«

Die kleine Dame zog höflich ihren Tropenhelm. »Die Freude ist ganz meinerseits. Aber deine arme Kuh«, sie blickte zur Oma, »hat schlimmes Halsweh. Nicht wahr, Sissi?«

Die Kuh muhte herzerweichend.

»Wer ... wer sind Sie?«, stammelte der Doktor.

»Sie ist unsere allerbeste Freundin«, sagte Lilly.

»Und sie kann mit Tieren sprechen«, stellte Karlchen klar.

Die kleine Dame beugte sich über den Arztkoffer und zog einen Holzspatel heraus. »Sie haben bestimmt recht, dass Kühe fast nie Halsschmerzen haben, aber bei dieser einen sieht es anders aus, und Sie sollten dringend in Sissis Hals schauen.«

Lilly blinzelte zur Oma rüber. Doch die machte keinen Mucks und stand wie versteinert da.

»Und wie soll ich das machen? Kühe machen ihr Maul ja nicht einfach auf.«

»Sie könnten Bitte sagen.«

»Bitte«, krächzte der Doktor. Die kleine Dame über-

setzte, dass die Spritze wirklich nicht zum Einsatz kommen würde, und schließlich kam Sissi ein paar Schritte auf den Doktor zu und öffnete ihr Maul.

Mit der Taschenlampe leuchtete er tief in ihren Schlund. »Da ist etwas!«

Seine Stimme klang aufgeregt. »Pinzette!«

Lilly gab ihm schnell die lange Pinzette aus dem Arztkoffer.

»Hier haben wir den Übeltäter!«, sagte er. Er hielt ein strohhalmlanges Stück Brombeerranke hoch. »Sehen Sie die großen Dornen?«, wandte er sich an Oma. »Die müssen in Sissis Hals stecken geblieben sein.«

Die kleine Dame strich der Kuh über den Hals und sagte ein paar Worte auf Kuhzisch.

»Kein Wunder, dass sie Halsweh hatte«, meinte Lilly.

Sie lächelte Oma an. »Aber jetzt ist alles wieder gut!«

Oma schwieg weiter. Der Doktor wischte die Pinzette mit einem Tuch ab. »Ja, jetzt wird Ihre Kuh wieder fressen.«

Karlchen kicherte. »Das tut sie doch jetzt schon!«

Und tatsächlich, Sissi hatte den Kopf gesenkt und rupfte frische Grasbüschel ab.

»Siehst du, Oma, sie frisst wieder«, sagte Lilly.

Was machte Oma nur für ein böses Gesicht? Sie fasste nach dem Ledergurt, mit dem die Glocke an Sissis Hals befestigt war. »Kimm, Sissi, kimm mit. Do bei da Bergischen bleim mia ned!« Ohne die kleine Dame anzusehen, zog sie die Kuh mit. »Herr Doktor, schickn S' ma de Rechnung zua.«

»Aber Oma, die kleine Dame hat dir doch geholfen!«, sagte Lilly.

»Willst du dich gar nicht bedanken?«, fragte Karlchen.

»Man könnte fast glauben, dass sie sich vor mir fürchtet«, sagte die kleine Dame verwundert. »Sehe ich heute denn in irgendeiner Art erschreckend aus?«

»Gar nicht.« Lilly, Karlchen und Chaka schüttelten die Köpfe.

Der Doktor streckte ihr die Hand entgegen und lächelte. »Ich bin in jedem Fall sehr froh, dass Sie hier zwischen Kuh und Mensch übersetzt und geholfen haben.«

»Mit Frognügen. Ich meine, mit Vergnügen!«

»Vielleicht kann ich bei Ihnen ein paar Stunden Kuhzisch nehmen. Hier oben hat man als Tierarzt sehr viel mit Kühen zu tun.«

Die kleine Dame lachte. »Sehr gern. Wir sind ja noch ein paar Tage hier.«

Ist das ein Sonnenstich?

Vom Haus klangen Babygeschrei und laute Stimmen zu ihnen herüber, als Lilly und Karlchen den Hang hinunterliefen. Die zwei Mädchen schauten zaghaft um die Hausecke. Papa ging vor der Tür auf und ab und schuckelte Bruno in seinem Arm, um ihn zu beruhigen. »Pscht, mein Kleiner, ist gut.«

»Da ist Mama.« Karlchen sprach so leise, dass die Erwachsenen sie nicht bemerkten.

Lilly ließ Oma nicht aus den Augen. Sie hatte die Hände in die Hüften gestemmt und starrte von Mama zu Papa. »Ihr hobts die ganze Zeit g'wusst, dass de … BERGISCHE do is, und ihr hobts ma nix g'sagt?«

Mamas Gesicht erinnerte Lilly an ein krümeliges,

zerdrücktes Brötchen. »Die kleine Dame ist doch keine Bergische!«

»Wir haben es auch erst erfahren, als wir schon hier waren«, erklärte Papa.

»Und warum hobst ihr mir dann ned sofort die Wahrheit gesagt?« Oma wartete die Antwort gar nicht ab. »I hob's selbst g'sehn, wia de freche Person mit meina Kuh g'sprochn hot! Mit meina Sissi! Des konn nur a Bergische.«

Papa bückte sich, um den Schnuller aufzuheben, den Bruno im hohen Bogen ausgespuckt hatte. »Nein, nein, die kleine Dame ist einfach besonders sprachbegabt.«

»Genau«, sagte Mama mit sanfter Stimme und ging einen Schritt auf Oma zu. »Du hast recht, Mama. Wir hätten gleich mit dir reden sollen. Es tut mir leid.«

Lilly gab Karlchen ein Zeichen, und sie kamen aus ihrem Versteck angelaufen.

»Uns auch, Oma!«, riefen sie.

»Wir wollten, dass sie mitkommt«, beteuerte Karlchen.

»Weil man mit ihr die besten Salafaris der Welt machen kann«, erklärte Lilly. Denn das konnte Oma nicht wissen.

»Soso, sie macht also *Salapalis!*« Oma zog die Augenbrauen in die Höhe. »Und so wos erlaubst du dei Madln?«

»Ich …«, setzte Mama Bär an, doch Oma drehte auf dem Absatz um und stapfte zum Schuppen rüber. »Geht ihr mal auf eire *Sabba…, Samma…, Salamanis«,* rief sie und knallte die Tür hinter sich zu.

Mama legte den Mädchen den Arm um die Schulter. »Was ist denn nur passiert?«

Papa schnaufte. »Kann es sein, dass die kleine Dame sich gezeigt hat?«

Lilly schmiegte sich an Mama. »Aber nur, weil es der Sissi sooo schlecht ging.«

»Sie hatte eine Stachelranke im Hals«, erzählte Karlchen.

»Brombeerranke.« Lilly sah zu Papa. »Und weil der Tierarzt uns nicht glauben wollte, musste die kleine Dame mit ihm persönlich sprechen.«

»Hauptsache, es geht Sissi jetzt endlich besser.« Papa legte Bruno in Mamas Arm. »Ich glaub, er hat einfach Hunger. Da hab ich keine Chance.«

»Ich geb dem kleinen Monstermann gleich was.« Mama lächelte Bruno an.

»Sollen wir uns noch einmal bei Oma entschuldigen?«, fragte Lilly.

Mama stand auf. »Wartet, bis der Rauch etwas verflogen ist. Und bis dahin könnten wir einen kleinen Ausflug ins Dorf machen. Was meint ihr?«

»Spitzenidee!« Papas Augen leuchteten. »Im Dorf gibt es einen Fahrradverleih!«

Pim wedelte begeistert mit dem Schwanz.

»Aber Papa«, sagte Karlchen. »Brunolein kann gar nicht im Kindersitz sitzen.«

Mama kicherte. »Nimm du die Mädchen und den Hund. Unten an der Weißach gibt es einen hübschen Radweg.«

»Und was machst du, Mama?«, wollte Lilly wissen.

Mama sah zum Schuppen rüber. »Ich bleib mit Bruno hier oben und trink mit Oma einen Tee.«

So verbrachten Lilly und Karlchen, Papa und Pim den Tag unten im Tal. Sie radelten die Weißach entlang, Pim ging baden, und auf einem kleinen Bauernhof kauften sie drei große Gläser Milch. Lilly musste immer wieder an die kleine Dame denken. Was sie jetzt wohl machte? War sie mit Chaka auf Bergsalafari? Kletterte sie womöglich gerade in dieser Minute einen steilen Felsen hinauf oder erkundete eine Höhle? Wenn sie nicht zu spät von ihrer Radtour zurückkehrten, konnten sie die kleine Dame vielleicht noch vor dem Abendbrot besuchen. Lilly ahnte nicht, dass es ganz anders kommen sollte.

Als sie bei ihrer Rückkehr Mama und Oma Bohnen pulend auf der Holzbank sitzen sah, fiel Lilly ein Stein vom Herzen. Oma hatte sich beruhigt.

»Dürfen wir los, Mama?« Lilly wollte nur schnell ins Haus, um ihren Rucksack zu holen, da bemerkte sie auf der Fensterbank eine Bewegung. Aber da saß nicht Omas Katze, sondern Chaka, der das grün-rote Karomuster der

Katzendecke angenommen hatte! Lilly machte eine scharfe Rechtskurve und nahm Chaka im Vorüberlaufen hoch.

Zum Glück hatten Mama und Oma das Chamäleon nicht entdeckt! Schnell flitzte sie auf die Rückseite des Hauses. »Wo ist die kleine Dame?«

Karlchen kam hinter ihr angehopst. »Guck mal, Chaka hat seinen Rucksack auf.«

Noch ehe Lilly fragen konnte, schoss Chakas Zunge hervor, und er schrieb »Mach ihn auf« in die Luft.

Verwundert betrachtete Lilly den zerknitterten Zettel, den sie aus dem Fach zog. »Sieht aus, als hätte die kleine Dame ihn aus ihrem Salafaribuch gerissen.«

»Was schreibt sie?«, fragte Karlchen.

»Meine Lieben«, begann Lilly zu lesen. »Ich fühle mich recht seltwürdig. Muss mich ein, zwei Tage ausruhen. Wenn ihr auf Salafari geht, vergesst bitte nicht, alle Beobachtungen und Messergebnisse in eure Bücher einzutragen.«

Lilly blickte von dem Brief zum Chamäleon. »Die kleine Dame will sich ausruhen?«

Chaka rollte die Augen nach oben und ließ die Zunge schlapp aus dem Maul hängen.

»Stimmt was nicht mit ihr?«, fragte Karlchen.

Statt einer Antwort war Chaka schon über Lillys Arm auf ihre Schulter geklettert.

»Ich glaube, wir sollen zu ihr gehen«, sagte sie.

Und Chaka schrieb ein riesengroßes »SCHNELL« in die Luft.

»Nur einen Moment.« Lilly drehte sich um. »Mama, kommst du mal?«

Mama staunte nicht schlecht, als sie das Reisezelt der kleinen Dame oben zwischen den Tannenzweigen entdeckte.

»Da sollen wir hoch?«

Lilly und Karlchen hielten Mama schnell fest. »Stopp! Dich hält der Ast nicht.«

»Nur kleine Leute können zum Zelt der kleinen Dame«, erklärte Karlchen.

»Na toll.« Mama ließ die Leiter los. »Aber dich hält der Ast?«, fragte sie Lilly.

»Logo.«

»Dann muss eine von euch hoch.«

Lilly ließ Chaka den Vortritt. Und während das Chamäleon flink über das Seil hochkletterte, zog Lilly sich hinter ihm die Sprossen hoch. »Kleine Dame!« Lilly schob den Zelteingang auseinander und stieg hinein.

»Lilly?« Die kleine Dame lag ausgestreckt auf ihrem Reisebett. Lilly fiel gleich auf, dass sie weder ihren feinen Tropenhelm noch ihre Schnürstiefel trug. Natürlich trug man im Bett sowieso nie Helm oder Schuhe, nur bei der kleinen Dame war das eben etwas anderes.

»Was hast du?«

Die kleine Dame stützte sich auf. Ihre Haarschnecken klebten an ihrem Kopf, die Augen glänzten fiebrig, und ihre Wangen waren so rot wie die Blumen in Omas Blumentöpfen.

»Nur ein bisschen Beinschmerzen, sonst geht es mir gut«, murmelte die kleine Dame und nahm einen Schluck Wasser aus ihrer Trinkflasche. »Ich fürchte, ich war heute zu lange in der Sonne und habe einen Sonnenstich.«

»Unter deinem Helm?«

»Die Sonne in den Bergen ist eben besonders kräftig.« Die kleine Dame legte sich wieder hin. »Wenn das Zelt nur nicht ständig schaukeln würde.«

Lilly spürte genau hin. »Aber es schaukelt ja gar nicht.«

»Es fühlt sich an wie eine Schifffahrt bei Sturm«, sagte die kleine Dame.

Lilly legte ihr die Hand auf die Stirn, so wie Mama es bei ihr und Karlchen machte. »Du bist ganz heiß.«

»Die Sonne. Lass mich ein bisschen schlafen. Chaka passt auf mich auf.«

Lilly hatte gelernt, dass Fieber abends manchmal noch weiterstieg. »Wir können dich hier nicht allein lassen.«

»Wir?«, wisperte die kleine Dame mit geschlossenen Augen.

»Mama und Karlchen sind mitgekommen, um nach dir zu sehen.« Lilly rutschte zum Zelteingang. »Ich glaube, die kleine Dame hat Fieber. Was sollen wir nur machen?«

Nun stemmte Mama Bär die Hände in die Hüfte, genau wie es Oma machte. »Wir nehmen sie natürlich mit!«

Karlchen machte große Augen. »Und Oma?«

»Meinst du, Oma erlaubt, dass wir sie zu uns auf den Schlafboden bringen?«, fragte Lilly. »Oder vielleicht in den Stall?«

Mama schnaubte. »In den Stall? Wenn die kleine Dame krank ist, gehört sie in ein ordentliches Bett. Und was Oma denkt, ist mir in diesem Fall piepegal!«

»Okay«, sagte Lilly. »Dann bring ich die kleine Dame jetzt zu euch runter.«

Doch Mama hatte einen anderen Einfall. »Warte einen Moment«, rief sie. »Ich bin gleich wieder da.«

Die Bergische

Als Mama eine Viertelstunde später mit dem Bollerwagen zurückkam, half Lilly der kleinen Dame die Strickleiter hinunter. »Ich kletter vor«, sagte Lilly.

Unten hielten Mama und Karlchen die Leiter fest.

»Dich hat es aber ganz schön erwischt«, sagte Mama, als die kleine Dame unten ankam.

Die kleine Dame legte das Schirmoberteil in den Wagen und stieg hinein. Chaka nahm sie auf den Schoß.

»Du hast deine Schnürstiefel vergessen«, rief Karlchen. »Soll ich die schnell holen?«

Die kleine Dame lehnte sich gegen das Kissen, das Mama in den Wagen gelegt hatte. »Lass nur, die sind im Moment sowieso ein bisschen zu eng.«

Lilly und Karlchen wechselten einen Blick. Wie konnten die Schnürstiefel der kleinen Dame zu eng sein? Doch diese machte schon die Augen zu, und so fassten die Mädchen mit an und halfen Mama Bär, ihn aus dem Wald und den Hang hinunterzuziehen.

Den ganzen Weg über fragte Lilly sich, wie Oma Anni wohl reagieren würde, wenn sie die kleine Dame mitbrachten. Sie hatte schon Feuer gespuckt, nur weil die kleine Dame überhaupt in der Nähe war. Eine Bergische, hatte Oma die kleine Dame genannt. Und das hatte nicht nach etwas Gutem geklungen. Nein, Lilly war sich sicher, dass Oma ihnen die Tür vor der Nase zuschlagen würde. Ob Mama sich ähnliche Gedanken machte?

Während sie den Wagen mit der schlafenden Dame zum Haus zogen, hatte Mama Bär kein Wort gesagt. Mit vorgerecktem Kinn steuerte sie direkt auf die Tür zu. »Karlchen, mach bitte auf.« Mama sah zu Lilly. »Und du, nimm Chaka und den Schirm.«

Papa Bär kam mit Pim und dem Kinderwagen über die Wiese auf sie zu. Als er die kleine Dame blass und schlafend in dem Wagen sah, erschrak er. »Gab es einen Salafari-Unfall?«

Karlchen stieß die Tür auf. »Die kleine Dame ist krank.«

Lilly hörte, dass drinnen jemand mit dem Geschirr klapperte.

»Sie hat Fieber.«

»Bringst du sie rein?«, bat Mama.

Beklommen beobachteten Lilly und Karlchen, wie Papa Bär die kleine Dame aus dem Wagen hob und ins Haus trug.

Aus dem Halbdunkel der Stube kam ihnen Oma entgegen. Mit einem großen Kochlöffel in der Hand versperrte sie Papa den Weg.

»Öha! Wos wuist du mit dea do?«

Neben Papa schob Mama sich an der Oma vorbei und ging, ohne sie zu beachten, direkt zur Ofenbank. »Mach mal Platz, Steinchen«, sagte Mama.

Mauzend sprang die graue Katze von der Bank.

Oma kniff die Augen zusammen. Erst schaute sie zu Papa, dann zu Mama, die mehrere Kissen holte. »De do kennts ihr gleich wieda rausbringn!« Oma zeigte mit dem Kochlöffel auf die kleine Dame, die Papa behutsam auf die Ofenbank legte.

Mama tat so, als hörte sie Oma nicht, und Papa Bär sagte kein Wort.

»Hob i ned klar g'sagt, dass i mit der Bergischen nix zu schaffn hom wui?«, wetterte Oma weiter.

Lilly fühlte, wie eine heiße Wut in ihr hochbrodelte. »Warum tust du so, als wäre die kleine Dame ein Monster?«, rief sie. »Nur weil du sie nicht kennst und sie ein bisschen kleiner ist, muss man sich noch lange nicht vor ihr fürchten.« Sie machte einen Schritt auf Oma zu. »Die Einzige, die hier zum Fürchten ist, bist nämlich du!«

Lilly hielt sich den Mund zu. Das hatte sie gar nicht sagen wollen! Aber nun war es raus.

Mucksmäuschenstill war es in der Stube. Chaka chamäleonisierte und verschmolz mit dem tiefen Grün der Ofenkacheln. Pim verkroch sich unter dem Esstisch. Mama Bär deckte die kleine Dame mit einer Wolldecke zu. Karlchen schob ihre Hand in Lillys, und Papa stellte sich vor seine Töchter. »Ist gut, Lilly«, sagte er.

Oma ließ den Kochlöffel sinken. »I … bin zum Fürchten?!«

Sie schien die Worte gar nicht richtig zu begreifen und blickte sich verwirrt um. »I will bloß ned, dass ihr ma do fremde Leute herschleppt, die …«

Mama Bär schüttelte energisch den Kopf. »Die kleine Dame ist aber keine Fremde, sondern unsere Freundin.«

»Sie ist krank und braucht unsere Hilfe«, sagte Papa.

»Krank?« Omas Blick huschte wieder zur Ofenbank rüber. »Aber Bergische könna jo gar ned krank sei.«

Mama stieß einen tiefen Seufzer aus. »Willst du nicht mal mit diesem alten Schauermärchen aufhören? Du weißt genauso gut wie ich, dass es überhaupt keine Bergischen gibt.«

Grummelnd wiegte Oma ihren Kopf. »No, do bin i ned sicher«, sagte sie, kam aber zur Ofenbank rüber. »Schaut nach am Fieber aus.«

Lilly setzte sich auf die Ecke der Bank. »Sogar ziemlich hohes Fieber.«

»Darf die kleine Dame bei uns bleiben?«, fragte Karlchen.

Lilly sah, wie Mama der Oma direkt in die Augen sah, bis Oma blinzelte. »No, wenn's sei mua.«

Die nächsten Stunden wich Familie Bär der kleinen Dame nicht von der Seite. Sie kannten die kleine Dame schon so lange, und noch nie war sie krank gewesen. Lilly holte ein dickes Kissen vom Schlafboden, und als die kleine Dame zwischendurch kurz aufwachte, legte sie es ihr unter den Kopf.

Karlchen brachte ihr ein Kuscheltier. Papa Bär klemmte eine kleine Klingel an die Ofenbank, damit die kleine Dame sich auch nachts bemerkbar machen konnte. Mama Bär wickelte ihr lauwarme, feuchte Tücher um die Beine, so wie sie es auch bei Lilly und Karlchen machte, wenn sie Fieber hatten.

Nur Oma hielt sich von der Ofenbank fern.

Nachdem sie widerwillig zugestimmt hatte, dass die kleine Dame im Haus bleiben durfte, war sie nicht mehr aus der Küche rausgekommen. Nach einer Weile duftete es nach Suppe.

Mama steckte die Nase in die Küche. »Gemüsesuppe? Ist die etwa für die kleine Dame?«

Oma schepperte mit dem Deckel. »Da hätt i sowieso kocht«, behauptete sie. »Aber schad tut's ned.«

Also hatte Lilly der kleinen Dame ein Schälchen Suppe gebracht. Kurz vor dem Schlafengehen hatte Lilly dann Oma mit einem Bündel frisch geschnittener Kräuter reinkommen sehen. Und als Lilly die Leiter zum Schlafboden hochstieg, hörte sie, wie Oma zu Mama Bär sagte: »Sie soll den Tee dringa, solang er hoaß is.«

Lilly drehte sich um und sah, wie Oma Mama einen dampfenden Becher gab.

»Weiß ich doch, Mama. Dann wirkt deine Spezialmischung am besten.«

»Ich glaube, Oma hat für die kleine Dame einen Heiltee gekocht«, erzählte Lilly, als sie neben Karlchen im Bett lag.

»Hoffentlich hilft er«, sagte Karlchen.

Lilly blickte durch das Giebelfenster. Vor dem sternenübersäten Himmel hoben sich dunkel die Spitzen der Berge ab. »Ich versteh Oma nicht«, flüsterte sie. »Erst meckert sie rum und ist furchtbar gemein. Und jetzt kocht sie Tee für die kleine Dame und Suppe wie eine liebe Oma.«

Karlchen kuschelte sich an Lilly. »Vielleicht hat sie nur vergessen, wie es ist, eine liebe Oma zu sein. Und jetzt erinnert sie sich wieder.«

Ob das sein konnte?, überlegte Lilly. Ob in Oma Anni eine liebe Oma steckte? Und mit diesen Gedanken schlief sie ein.

Sissi kennt sich aus

Am nächsten Morgen war die Ofenbank zu Lillys Überraschung leer. »Wo ist die kleine Dame?«, fragte sie aufgeregt.

»Draußen«, sagte Papa, der Bruno wickelte.

Lilly und Karlchen rannten barfuß hinaus. Die Sonne blitzte eben über die Tannen und tauchte den Platz vor dem Haus in warmes Morgenlicht. Im Holunderbusch sirrte und summte es, und auf der Bank saßen die kleine Dame und Mama Bär.

»Gutnäsen Morgnäsen!«, begrüßte die kleine Dame sie fröhlich.

»Dir geht es wieder gut!«, sagte Lilly und setzte sich auf den Platz gegenüber der kleinen Dame.

»Du siehst gar nicht mehr krank aus«, sagte Karlchen und setzte sich neben die kleine Dame.

Die Augen der kleinen Dame waren klar, ihre Wangen hatten eine normale Farbe, nur ihre Haarschnecken waren noch ein bisschen zerzaust. »Eure Oma hat mir einen sehr feinen Tee gekocht. Der hat das Fieber weggezaubert.« Sie pustete in ihren Becher. »Und meine Beine fühlen sich wie neu an!«

Über Karlchens Gesicht ging ein schelmisches Grinsen. »Vielleicht ist Oma in echt die Bergische und kann zaubern.«

»Und wenn's so wär?«, fragte Oma Anni, die genau in diesem Moment mit dem Frühstückstablett aus dem Haus kam. Sie stellte das Tablett auf den Tisch und schaute in die Runde. »Guten Morgen!« Sie nickte der kleinen Dame zu. »No, dia scheint's besser zu gehn.«

»Mir geht es ganz prächtig«, sagte die kleine Dame und streckte die Arme in die Luft. »Ich hab gleich vermutet, dass es nur ein kleines Fieber ist. Von mir aus können wir heute zur nächsten Salafari aufbrechen.«

Mama schenkte Papa und sich einen Tee ein. »Heute ruhst du dich bitte noch aus. Nach so einem Fieber braucht der Körper eine Pause.«

»Aber Mama«, riefen Lilly und Karlchen. »Wir wollen auf Salafari.«

Oma verteilte die Teller und stellte Brot, Honig und

Käse hin. »Wollts ihr, dass eire Freundin einen Rückfall bekommt? Und noch einmal krank wird?«

Lilly wollte etwas erwidern, da zupfte Karlchen sie am T-Shirt. »Ihre Jacke«, flüsterte sie.

Jetzt bemerkte es Lilly auch: Die Aufschläge der Jacke der kleinen Dame waren auf beiden Seiten ein ganzes Stück über die Handgelenke gerutscht! Und da begriff Lilly, was mit der kleinen Dame los war. Wie hatte sie das übersehen können?

»Kleine Dame, sitzt du auf einem Kissen?«, fragte sie.

»Nein.«

Lillys Herz begann, schneller zu klopfen. »Bist ... bist du etwa gewachsen?«

Die kleine Dame stellte ihre Teetasse ab. »Aber Lilly, ich bin tutti kompletti ausgewachsen.«

Lilly ließ nicht locker. »Sollen wir messen?«

Karlchen hüpfte von der Bank. »Oma, hast du ein Maßband?«

Sie maßen die kleine Dame dreimal, um ganz sicherzugehen. Ungläubig schüttelte die kleine Dame den Kopf. »Und ihr habt euch wirklich nicht vermessen?«

»Nein, du bist einen Meter zwei Komma fünf«, sagte Lilly.

»Aber dann bin ich ja über einen Zentimeter gewach-

sen«, sagte die kleine Dame. Sie sah von Lilly und Karlchen zu Chaka. »Was hat das zu bedeuten?«

»Och, so schlimm ist das nicht«, sagte Karlchen unbekümmert.

Lilly versuchte, sich daran zu erinnern, was die kleine Dame ihnen über das Großsein erzählt hatte. Aber obwohl sie sich sehr anstrengte, wollte es ihr einfach nicht einfallen.

Auf einmal passte alles zusammen: die Arm- und Beinschmerzen, die drückenden Schnürstiefel, der Salafarirock, der eingelaufen schien, die hochgerutschten Ärmel. Nachdem sie den allerersten Schreck verdaut hatten, begannen sie gemeinsam zu überlegen, was das plötzliche Wachstum der kleinen Dame ausgelöst hatte. Für Mama Bär war die Sache klar. »Das ist wie bei einem Hefeteig«, sagte sie. »Der kann auch noch einmal wachsen, wenn du nur eine winzige Prise Zucker dazutust.«

Karlchen meinte, dass die kleine Dame sich bei Bruno angesteckt hatte. Aber Papa Bär sagte, dass man sich Wachstum schließlich nicht wie einen Schnupfen einfing. Nein, es musste an etwas anderem liegen. An etwas, das es nur hier in den Bergen gibt, dachte Lilly. Denn zu Hause im Brezelhaus war die kleine Dame nicht gewachsen. »Ich glaube, es hat mit den Bergen zu tun«, sagte sie.

»Interessante Idee«, sagte die kleine Dame.

»Des glaub i ned«, widersprach Oma. »Meine Berge tun so wos ned.«

»Wie kommst du darauf?«, fragte Papa.

»Weil es hier begonnen hat«, sagte Lilly.

Die kleine Dame stand auf und zwirbelte an ihrer linken Haarschnecke. »Wir bräuchten einen Bergexperten. Jemanden, der jeden Halm, jeden Baum und jeden Fels erforscht hat. Der jedes Geheimnis der Berge kennt.«

Da war Lilly ganz bei der kleinen Dame. Nur wer sollte das sein?

»Wir könnten unten im Dorf in die Bibliothek gehen, vielleicht finden wir ein Buch«, schlug Mama vor.

»Ich glaube nicht, dass es dazu schon Bücher gibt«, sagte die kleine Dame. »Wenn nur schon der zweite Brief von

Herrn Kreideweiß da wäre! Der kennt sich in den Bergen aus.«

»Können wir ihn nicht anrufen?«, fragte Papa.

»Anrufen?« Die kleine Dame lachte. »Herr Kreideweiß nimmt auf seine Salafaris doch kein Telefon mit!«

Weiter kam sie nicht, denn da klatschte Oma in die Hände. »I woaß jemandn! Wenn's a Wesn gibt, des jedn Halm, jedn Baum und jedn Felsen kennt, dann is des mein Sissi! Sie is de klügste Kuh im ganzn Tal und …« Mitten im Satz brach sie ab. »Wos red i do? Mit da Sissi konn jo koana sprech.«

»Aber ja«, sagte die kleine Dame. »Ich spreche Kuhzisch.«

Also machten sie sich gemeinsam auf den Weg zur Kuhweide. Lilly erkannte die hellbraune Kuh, die glockenklingelnd auf sie zugetrabt kam, kaum wieder. Sie hatte sich prächtig erholt.

»Meine Sissi«, begrüßte Oma sie und klopfte ihr liebevoll die Seite.

Da die silberne Laterne im Reisezelt geblieben war, konnten sie dieses Mal nur hören, wie die kleine Dame mit Sissi sprach, aber bis auf ein angeregtes Muhen verstanden sie nichts.

Nach einer gefühlten Ewigkeit drehte die

kleine Dame sich wieder zu ihnen. »Du hast wirklich eine besonders kluge Kuh«, sagte sie zur Oma.

Lilly hielt es vor Neugier nicht mehr aus. »Hat sie eine Idee, warum du wächst?«

»Brauchst du eine spezielle Pilzmischung?«, fragte Oma.

»Oder müssen wir nach Hause fahren?«, mischte Papa Bär sich ein.

»Och, Papa!« Karlchen schnaubte.

»Auf keinen Fall!«, sagte die kleine Dame. »Unsere Salafari ist noch nicht zu Ende.« Sie zeigte zu den Gipfeln der Blauen Berge, die hinter den Hügeln aufragten. »Sissi hat gehört, dass es oben auf dem Grauen Feld bei den Steinböcken einen Bergexperten gibt, der dort schon eine ganze Weile forscht.«

Oma sog die Luft ein. »Wie? Wos? Nu gibt's auch einen forschenden Steinbock?«

Karlchen gluckste los. »Nein, Oma. Der Experte ist doch kein Steinbock! Oder, kleine Dame?«

Lilly blinzelte zur kleinen Dame. »Meinst du etwa, es ist dein Freund, Herr Kreideweiß? Er ist auch auf Bergsalafari und ...«

Die kleine Dame nahm ihren Schirm. »Nein, Lilly. Sein Brief kam aus Russland. Ich glaube nicht, dass er jetzt ausgerechnet in den Blauen Bergen ist.«

»Da verpasst er aber ganz gewaltig was!«, sagte Oma.

Mama sah zu den blauen Gipfeln, die hinter dem Wald aufragten. »So oder so, wenn ihr diesen Experten finden wollt, müsst ihr rauf bis zum Grauen Feld.« Sie machte eine Pause. »Und das ist sehr hoch!«

Lilly und Karlchen wollten sofort aufbrechen. Nicht nur, weil die kleine Dame vermutlich mit jeder Stunde ein winziges Stückchen weiterwuchs, sondern auch, weil ihnen die Salafarilust in die Füße geschossen war.

Doch Mama, Papa und auch Oma waren sich einig, dass eine so große Salafari gründlich vorbereitet werden musste. Denn genau wie Mama gesagt hatte, lag das Felsplateau, zu dem sie aufsteigen wollten, so hoch, dass sie auf dem Hin- und Rückweg sogar eine Zwischenübernachtung einlegen mussten.

Wie aufregend!

Die kleine Dame breitete die Wanderkarte auf dem Tisch aus. Lilly entdeckte die rote und die blaue Tour wieder, die sie vor ein paar Tagen gemacht hatten. Der Finger der kleinen Dame wanderte von der Bergstation über die Karte, strich über Felskämme und Bäche, bis ihr Finger direkt auf einer großen grauen Fläche lag. »Da ist das Graue Feld.«

»2270 m«, las Lilly vor.

»Und do übernachtets ihr«, sagte Oma und tippte auf

eine kleine eingezeichnete Hütte. »Im Sommer hat's in der Zirbenhütte frisches Stroh, und ihr bekommts a Brotzeit.«

»Kommst du denn nicht mit, Oma?«, fragte Karlchen.

»Na, oana muss doch bei eirer Mama und dem Bengelchen bleiben.«

Nasse Füße

Früh am nächsten Morgen brachen sie auf, um die allererste Gondel zu bekommen. Karlchen kraulte Pim zwischen den Ohren, und Lilly schaute zur kleinen Dame, die neben ihr saß. Abends war das Fieber wieder leicht gestiegen. Sofort hatten sie das Maßband rausgeholt. Und wieder war die kleine Dame einen Zentimeter gewachsen. Jetzt war sie schon einen Meter drei Komma fünf!

Lilly fand es superlieb, dass Oma der kleinen Dame nicht nur eine Thermoskanne mit ihrem Spezialkräutertee mitgab, der fiebersenkend wirkte, sondern überdies ein Bündel Kräuter und Pilze, falls das Fieber im Laufe ihrer Salafari zurückkommen sollte.

Der erste Abschnitt hinauf in die Blauen Berge führte durch einen dichten Wald. Der Weg war steil und schraubte sich in engen Kurven den Berg hinauf. »Hier … müssen … wir … 400 Höhenmeter … überwinden«, schnaufte Papa Bär, der ganz hinten ging. Auf einer normalen Salafari hätten Lilly, Karlchen und die kleine Dame links und rechts des Pfads die herrliche Waldwildnis erforscht. Doch auf dieser Salafari war alles anders. Lilly ahnte, dass sie keine Zeit verlieren durften, sondern auf dem schnellsten Weg hoch zum Grauen Feld steigen sollten. Jedes Mal, wenn Papa stehen blieb, um einen Schluck aus seiner Wasserflasche zu nehmen, verschwanden die kleine Dame und Chaka schon fast hinter der nächsten Kurve.

»Papi, schneller«, drängelte Karlchen.

Papa wischte sich den Schweiß von der Stirn. »Wer das freiwillig macht, muss verrückt sein«, murmelte er und stapfte weiter.

Papa Bär trug fast den gesamten Proviant, den sie für ihre Drei-Tages-Salafari eingepackt hatten: eine XXL-Packung Müsli, drei Flaschen Milch, Schokolade, Brot, Würstchen, Tütensuppe, Gemüsemuffins und die Tabletten, um das Wasser der Bäche zu reinigen.

Endlich, nach über zwei Stunden, hatten sie den ersten Anstieg geschafft. Papas Gesicht war rot vor Anstrengung. Pim hechelte und streckte sich auf der Wiese neben dem

Pfad aus. »Wir brauchen eine Pause«, sagte Papa.

Die Bergwiese, auf der sie Rast machten, war mit leuchtenden Blumen übersät, kleine und große Insekten schwirrten herum, doch die kleine Dame holte nicht ihr Salafaribuch heraus. Kaum hatten sie, Lilly und Karlchen aus ihren Trinkflaschen getrunken, war sie schon wieder auf den Beinen und kletterte auf den nächsten Felsen, der aus der Wiese ragte. Lilly kletterte flink hinterher.

Die kleine Dame sah von der Karte in ihrer Hand zu dem Bergbach, der an der Wiese vorbeifloss. »Diesen Bach müssen wir überqueren.«

Zehn Minuten später hatten sie den Bach erreicht. Zischend schoss das klare Wasser zwischen den Steinen hindurch. Es sah ziemlich tief aus, dachte Lilly.

Papa schaute sich um. »Gibt es denn keine Brücke?«

Die kleine Dame zeigte ihm die Karte. »Die ist ein ganzes Stück weiter die Wiese hinauf.«

»Zum Grauen Feld müssen wir ohnehin weiter hoch«, meinte Papa. »Durch dieses wilde Wasser können wir auf keinen Fall gehen.«

»Die kleine Dame hat ein Seil«, sagte Karlchen. »Wenn wir uns alle daran festhalten …«

»Ein Seil reicht nicht«, sagte Papa.

»Aber wir haben keine Zeit für Umwege«, meinte Lilly.

Doch Papa schüttelte wieder den Kopf. »Kommt nicht infrage. Das ist viel zu gefährlich!«

»Erinnert euch an Salafariregel Nummero 11«, sagte die kleine Dame. »Begib dich niemals in Gefahr. Es sei denn, du hast keine Wahl.«

Als sie die Brücke endlich erreichten, sah Lilly sofort, dass sie dieses Mal keine Wahl hatten.

»Das ist gar keine richtige Brücke!«, rief Lilly.

Wortlos starrte Papa die beiden dicken Drahtseile an, die über den Bach gespannt waren.

»Ich bin eine Seiltänzerin«, quietschte Karlchen.

Das untere Stahlseil hing etwa einen Meter über dem Wasser, und das obere Seil war so gespannt, dass man sich mit der Hand daran festhalten konnte. Chaka kletterte am oberen Seil voraus.

»Chaka, bitte warte einen Moment«, rief die kleine Dame. »Pim kommt hier nicht rüber.«

Papa gab Lilly Pims Leine. »Wartet hier. Ich bring den Rucksack rüber, und dann hol ich Pim.«

»Wie denn?«, fragte Lilly.

Das Seil bog sich unter Papa Bärs Gewicht, und Lilly konnte sehen, wie es bei jedem Schritt hin und her wippte. Aber Papa hielt sich gut fest, und nach einem Moment war er drüben auf der anderen Seite, nahm den Rucksack ab und kam zurück.

»Haltet euch mit beiden Händen fest«, ermahnte Papa Bär seine Mädchen. »Und keine Spirenzchen!«

Lilly und Karlchen folgten der kleinen Dame auf das Seil, während Papa Pim zwischen den Steinen ins Wasser führte.

Lilly sah zu dem wild sprudelnden Bach unter dem Seil. »Da willst du durchgehen, Papa?«

»Ich halte mich an dem unteren Seil fest«, rief Papa.

Pim sprang aufgeregt hinter ihm her und war plötzlich bis zum Hals im Wasser. Lilly sah, wie Papa die Leine ganz kurz fasste und Pim nah an sich heranzog.

Vor ihr hüpfte die kleine Dame als Erste vom Seil auf die andere Seite. Danach erreichten Karlchen und sie das gegenüberliegende Ufer.

Schritt für Schritt tastete Papa sich zwischen den Steinen durch das Wasser. Nun reichte es ihm schon übers Knie! Und Pim konnte gerade noch die Schnauze aus dem Wasser strecken. Da geschah es. Pim verlor den Halt! Eine Welle schwappte über seinen Kopf!

»Halt ihn fest!«, rief Lilly.

»Pim geht unter!«, quiekte Karlchen.

Schnell griff Papa nach dem Halsband und zog Pim wieder über die Wasseroberfläche.

Mit klopfendem Herzen sah Lilly zu, wie Papa sich mit Pim die letzten Schritte ans sichere Ufer mühte.

»Was für eine Salafari!«, sagte die kleine Dame.

Mit triefenden Stiefeln und nasser Hose stieg Papa zu ihnen das Ufer hoch.

»Du bist ein Held«, sagte Karlchen und schmiegte sich an ihn.

Papa Bär lachte erleichtert. »Vor allem hab ich nasse Füße.«

Lilly hockte sich zu Pim und kraulte ihn beruhigend. »Ihr habt es geschafft.«

Die kleine Dame zeigte den Trampelpfad hoch, der hinter dem nächsten Felsen verschwand. »Und zum Glück ist es zur Zirbenhütte gar nicht mehr so weit. Allerhöchstens zwei Stunden. Wo du jetzt mit nassen Stiefel wandern musst.«

Papa schulterte seinen Rucksack und steckte Pim ein Leckerli zu. »Worauf haben wir uns da nur eingelassen?«

Der Bergexperte

Lilly drehte sich um. Unter ihr knisterte Stroh, und neben sich fühlte sie Pims weiches Fell. Wo war sie nur? Lilly öffnete die Augen und war mit einem Mal hellwach! Neben ihr schliefen Karlchen, Papa und Pim auf dem großen Strohlager, auf dem sie gestern Abend in der Zirbenhütte ihre Schlafsäcke ausgebreitet hatten. Heute wollten sie bis zum Grauen Feld hochsteigen, wo sie hoffentlich den Bergexperten finden würden, von dem Sissi erzählt hatte.

Leise, um Papa, Karlchen und Pim nicht zu wecken, schlich sie sich aus dem Schlafraum.

Vor der Tür stand die kleine Dame mit offener Salafarijacke und redete mit Chaka, der es sich auf der Bank bequem gemacht hatte. »Guten Morgen!«

Die kleine Dame zog die Jacke vor ihrer Brust zusammen und versuchte, den Knopf zuzumachen. »Den allerschönsten Morgen«, sagte sie, ohne aufzuschauen.

»Stimmt was nicht?«

»Der Knopf geht nicht zu.«

Lilly ging zu ihr und versuchte, die Jacke zusammenzuziehen, aber es ging einfach nicht. »Bist du wieder ein Stück gewachsen?«

Plötzlich fühlte Lilly, wie kühl es noch war. Sie fror und schlang die Arme um sich.

»Das werden wir gleich wissen«, sagte die kleine Dame und hielt Lilly das Maßband hin.

»Ein Meter vier Komma fünf!«, las Lilly ab.

»Schon wieder ein Zentimeter!«, seufzte die kleine Dame. »Kein Wunder, dass ich die Jacke nicht mehr zubekomme.« Sie zog ein Stück Schnur aus der Tasche und band die Jacke damit zu. »Wenn ich in diesem Tempo weiterwachse, bin ich schneller ein Meter fünf, als ich *chamäleonisieren* sagen kann!«

Sie setzten sich nebeneinander zu Chaka auf die Holzbank. »Was passiert denn, wenn du ein Meter fünf bist?«, fragte Lilly leise.

»Ein Meter fünf ist die sogenannte Kleine Grenze«, begann die kleine Dame zu erzählen. »Sobald ich größer werde, ist es mit meinen zwirbeligen Fähigkeiten aus.«

»Du meinst Rückwärtzisch und Vorwärtzisch?«

Die kleine Dame senkte den Kopf. »Und die Sprache der Tiere, das Chamäleonisieren und Unsichtbarwerden …«

Lilly sprang von der Bank. »Warum sitzen wir dann hier?« Die Lage war ernst. So ernst, dass Lilly ihren Rucksack am liebsten auf der Stelle geschultert hätte und losgewandert wäre. Bis zum Grauen Feld lag noch ein dreistündiger Marsch vor ihnen. Aber die kleine Dame und Papa bestanden trotzdem auf ihrem Frühstück.

»Ich gehe nicht ohne meinen Tee los, Lilly«, sagte die kleine Dame.

»Und ich brauche einen Kaffee«, sagte Papa Bär und zündete den Campingkocher an.

Wie am Tag zuvor ging die kleine Dame voran, dann kamen Lilly, Karlchen und Pim, und Papa passte hinten auf, dass niemand verloren ging. Obwohl die Sonne langsam stärker wurde, blies ein frischer Wind über die Berge. Die kleine Dame wickelte sich ihren dicken Schal um, und Papa fand, dass es Zeit für ihre Thermojacken war.

»Das liegt an der Höhe«, erklärte die kleine Dame. »Wir befinden uns auf knapp 2100 Metern.« Sie hielt das Thermometer in die Luft. »7 ° Celsius.« Und ohne stehen zu bleiben, holte sie das nächste Messinstrument heraus. »Windstärke 3 bis 4.«

Karlchen stieß Lilly in die Seite. »Was heißt das?«

»Das heißt«, sagte die kleine Dame, »dass sich das Wetter ändern könnte.«

Inzwischen waren die Gipfel der Blauen Berge so nah, dass Lilly das Gletschereis mit bloßem Auge erkennen konnte.

Vor ihnen führte der Weg zwischen Felsbrocken steil bergauf. Papa sah zu Karlchen, die hinter Chaka auf einen der Brocken geklettert war und juchzend zum nächsten hüpfte. »Komm da runter!«

»Aber ich kann das«, rief Karlchen und zog einen Schmollmund.

»Keine Widerrede!«, rief Papa. »Ich kann heute Morgen keinen Absturz brauchen.«

Die kleine Dame breitete die Karte aus. »Nach der nächsten Kurve um diese Bergnase sollten wir unser Ziel erreichen!«

»Hoffentlich ist der Bergexperte auch noch da«, sagte Lilly.

Die kleine Dame steckte die Karte weg. »Ein bisschen mehr Zuversicht, wenn ich bitten darf.«

Papa warf einen Blick auf seine Uhr. »Lange können wir nicht bleiben. Höchstens zwei Stunden, dann müssen wir mit dem Abstieg beginnen, damit wir vor der Dunkelheit wieder bei der Hütte sind.«

Lilly wollte schon einwenden, dass sie erst umkehren würden, wenn sie bei den Steinböcken angekommen waren. Doch die kleine Dame nahm ihre Hand und zog sie weiter. »Lilly, mein Bauchgefühl sagt mir, dass wir die

Steinböcke sehr bald sehen werden«, sagte sie und zeigte auf kleine braune Köttel, die neben dem Weg lagen. »Das hier ist nämlich Steinbockpups. Und da ist der Forscher sicher nicht weit.«

Ein windschiefes, verrostetes Schild verkündete: Graues Feld, 2270 Meter.

Für einen Augenblick blieben sie stehen. Direkt vor ihnen am Fuße des Gipfels breitete sich eine große, steinige Fläche aus. Kein Baum und kein einziger Busch wuchsen dort. Der Felsen war flach und kreuz und quer von tiefen Rillen und Einbuchtungen durchzogen.

Papa Bär zeigte auf den Gipfel. »Der Große Madelekopf.«

Karlchen zeigte auf den kleineren Gipfel direkt daneben. »Und wie heißt der? Der kleine Kopf?«

Lilly nahm die Karte. »Das ist das Blauhorn.«

Neben ihnen zog die kleine Dame ihr Fernglas aus dem Rucksack.

Lilly blickte zur kleinen Dame. »Siehst du jemanden?«

»Jemanden nicht.« Die kleine Dame nahm das Fernglas runter. »Aber ich habe einen höchst feinen Picknickplatz entdeckt!«

Picknick? Wie konnte die kleine Dame jetzt ans Essen denken? Lilly war kein bisschen hungrig. Aber

Papa und Karlchen, Pim und Chaka liefen der kleinen Dame schon fröhlich hinterher.

Der Platz lag windgeschützt hinter einem höheren Felsen. Mit einem Ächzen nahm Papa den schweren Rucksack ab, streckte die Beine aus und lehnte sich gegen den Fels. Karlchen holte Pims Schälchen raus und gab ihm Wasser. Dann stiegen Lilly und Karlchen der kleinen Dame hinterher. Ohne das Fernglas abzusetzen, zeigte sie auf die gegenüberliegende Felswand. »Da sind sie«, flüsterte sie. *»Capra ibex.«*

Lilly und Karlchen schauten durch ihre Ferngläser.

Die Gruppe bestand aus einigen Geißen mit ihren Jungtieren und einem großen Bock. »Ich sehe zehn!«, wisperte Lilly.

»Und wo ist der Esperte?«, fragte Karlchen.

»Vielleicht hat er sich ein Versteck gesucht, um die Tiere besser beobachten zu können«, vermutete die kleine Dame.

Lilly ließ ihr Fernglas sinken. »Und wie sollen wir ihn dann finden?« Sie fühlte, wie langsam Angst in ihr aufstieg.

Die kleine Dame gab ihnen ein Zeichen. »Wir werden uns bei dem großen Steinbock erkundigen.«

Die kleine Dame hatte wieder einmal den richtigen Riecher gehabt. Denn der alte Steinbock wusste nicht nur, wo sie den Experten finden konnten, er war sogar bereit, sie zu ihm zu führen.

Während der Steinbock oben von Vorsprung zu Vorsprung sprang, folgten die drei ihm unten, bis der Felsen vor ihnen jäh endete.

»Vorsicht!«, rief die kleine Dame und hielt die Mädchen zurück. Dann legte sie sich flach auf den Bauch und robbte bis zur äußersten Kante.

Lilly und Karlchen taten es ihr nach.

Unter ihnen war ein Abgrund!

Und an der steilen Bergwand hing ein Kletterer mit gelbem Helm.

»Huhu!«, rief die kleine Dame. »Da ist ja unser Experte!«

Der Kletterer schaute nach oben. Er hatte ein braun

gebranntes Gesicht, und seine Wangen waren mit grauen Bartstoppeln bedeckt.

»Nicht so nah an die Kante! Ich komme hoch«, rief er.

Lilly fasste Karlchen an der Jacke und zog sie vom Abgrund weg.

»Aber ich will sehen, wie der Esperte hochkommt«, protestierte sie.

Auch die kleine Dame robbte von der Kante weg und stand auf.

Kurz darauf zog sich der Kletterer vor ihnen über die Kante. Überrascht bemerkte Lilly, dass er kaum größer war als die kleine Dame.

Die kleine Dame stemmte die Hände in die Hüften. »Ich glaub, ich träume! Herr Kreideweiß?«

Der kleine Herr nahm seinen Kletterhelm ab und kam mit federnden Schritten auf sie zu. »Die kleine Dame? Was machen Sie denn hier?«

»Wir suchen einen Bergesperten!«, rief Karlchen.

Lilly sah zur kleinen Dame. »Aber … aber ich dachte, Herr Kreideweiß ist in diesem russischen Gebirge, dem … dem Ural.«

»Ja allersphinx, was tun Sie hier, in den Blauen Bergen?«, fragte die kleine Dame.

Herr Kreideweiß löste das Seil von seinem Klettergurt und wickelte es auf. »Ich habe Ihnen doch in meinem zweiten Brief geschrieben, dass meine letzte Etappe in die Blauen Berge führt.«

»Den hat sie gar nicht bekommen«, erklärte Karlchen.

»Oh, die Welt ist eine Erbse«, rief die kleine Dame. »Eine klitzekleine Erbse! Sie müssen mir alles über Ihre Bergsalafari berichten.«

Lilly schüttelte den Kopf. Hatte die kleine Dame vergessen, weshalb sie den Experten suchten? »Das können Sie später machen. Jetzt haben wir nämlich einen Notfall!«, rief sie. »Die kleine Dame wächst.«

Herr Kreideweiß nahm seine Brille ab. »Hat Sie die Wachstumskrankheit also auch erwischt?«

Die kleine Dame seufzte. »Ich bin schon mehr als drei Zentimeter gewachsen, und Sie wissen ja …«

»Die Kleine Grenze.« Herr Kreideweiß nickte ernst.

»Wir vermuten, dass die Berge das Wachstum ausgelöst haben. Auch wenn ich mir nicht erklären kann, wie das möglich ist.«

»Nun, das hängt mit der Magnetkraft der Berge zusammen«, begann Herr Kreideweiß zu erklären. »Sie löst die Wachstumskrankheit aus. Und hier in den Blauen Bergen ist diese Kraft ganz besonders stark!«

Die kleine Dame nickte.

»Oft beginnt es mit Wachstumsschmerzen.«

Lilly nickte aufgeregt. »Meinen Sie, wenn einem die Beine wehtun? Das hatte die kleine Dame auch!«

»Dann kommen Hochwasserhosen«, fuhr Herr Kreideweiß fort.

»Oder ein Hochwasserrock!«, sagte die kleine Dame.

»Und deine Ärmel waren viel zu kurz!«, rief Karlchen dazwischen.

»Fieber«, fuhr Herr Kreideweiß fort.

Lilly nickte. »Das wissen wir alles, aber gibt es denn nicht irgendeine Medizin dagegen?«

»Selbstverständlich, sonst wäre ich schon ein Riese«, sagte Herr Kreideweiß.

Lilly hätte den kleinen Herrn am liebsten geschüttelt, so ungeduldig war sie. »Und was ist es?«

»Wie ich schon schrieb, bei der wirksamsten Medizin, die heute gegen die Wachstumskrankheit eingesetzt wird, handelt es sich um Wildbienenhonig – am besten direkt mit der ganzen Wabe.«

»Wildbienenhonig«, murmelte die kleine Dame.

Lilly sah sich um. Hier oben auf dem Felsplateau wuchs nicht einmal die kleinste Blume! Wie sollten sie da Wildbienen finden?

Herr Kreideweiß nahm seinen Rucksack ab und begann, darin nach etwas zu suchen. »Ich müsste noch einen win-

zigen Rest übrig haben.« Er zog ein Schraubglas hervor. »Ich selbst konnte mich mit einer hohen Dosis komplett immunisieren.«

Die kleine Dame nahm das Glas entgegen. Auf dem Boden schwamm ein kleiner Wabenkrümel in Honig.

»Was für ein Glück, dass wir Sie gefunden haben.«

Herr Kreideweiß reichte ihr einen Löffel. »Diese Portion wird nicht reichen. Um die Wachstumskrankheit zu stoppen, brauchen Sie mindestens eine komplette Wabe, von welcher Sie über mindestens drei Tage alle vier Stunden einen Löffel einnehmen.«

Die kleine Dame lutschte den Löffel mit dem Wildbienenhonig gründlich ab.

»Köstlich!«

Herr Kreideweiß blickte Lilly und Karlchen an. »Die Medizin ist sehr stark und wird die kleine Dame müde machen. Sie wird schlafen wie ein Murmeltier. Deshalb müsst ihr darauf achten, dass sie den Wildbienenhonig regelmäßig alle vier Stunden einnimmt.«

»Wir passen auf«, versprach Karlchen.

Lilly trat einen Schritt näher an Herrn Kreideweiß. »Was glauben Sie, wie viel Zeit bleibt uns noch, bis … bis die Kleine Grenze erreicht ist?«

Herr Kreideweiß legte Lilly die Hand auf die Schulter. »Ihr habt keine Minute zu verlieren.«

Eine lange dunkle Nacht

Nachdem sie sich von Herrn Kreideweiß verabschiedet hatten, waren sie eilig zum Picknickplatz zurückgelaufen und sofort aufgebrochen.

»Das Wetter schlägt um«, stellte Papa fest.

Hinter den Bergspitzen türmten sich große dunkle Wolken auf.

»Sie kommen genau in unsere Richtung«, sagte die kleine Dame.

»Wie weit ist es bis zur Hütte?«, fragte Lilly.

»Bestimmt eine Stunde«, meinte Papa Bär.

Die kleine Dame zwirbelte an ihrer Haarschnecke. »Ich glaube, dass ich hier bei unserem Aufstieg einen Unterschlupf gesehen habe.«

In diesem Moment fegte ein scharfer Wind über den Hang, und über den Bergen grollte es.

»Es gibt ein Gewitter!«, rief Papa. »Wo ist der Unterschlupf?«

Es waren Chaka und Pim, die den geschützten Platz wiederfanden. Lilly und die kleine Dame, Papa und Karlchen waren schon daran vorbeigelaufen, als Pim hinter ihnen laut bellte. Der schmale Zugang lag zwischen den Felsen so versteckt, dass sie ihn beim Abstieg übersehen hatten. Schnell schlüpften die kleine Dame und die Mädchen hinein.

Chaka hockte vorn auf dem Felsen und wartete. »Das ist eng«, sagte Papa Bär, setzte den Rucksack ab und ließ ihn neben dem Eingang stehen. Von innen kam ihm Karlchen entgegen und nahm ihn an der Hand. »Komm in unsere Höhle!«

Lilly wollte sich eben neben Karlchen hocken, als die kleine Dame vorschlug, schnell noch ein paar trockene Gräser und Äste zu sammeln, bevor der Regen einsetzte. »Dann können wir uns ein Feuer machen.«

Viel war es nicht, was sie rund um ihr Versteck fanden: trockenes Moos, dünne Zweige und einige Tannenzapfen. Dann fielen die ersten Tropfen. Quietschend flüchteten sie zurück in die Höhle. Ein heller Blitz zuckte aus den Wolken, und schon im nächsten Moment hallte der Donner über die Berge. Karlchen drückte sich eng an Papa Bär. »Hier sind wir sicher«, sagte er.

Lilly half der kleinen Dame, die Zweige für das Feuer aufzuschichten. »Gut, dass wir es noch ins Trockene geschafft haben«, sagte Papa und hockte sich zu ihnen.

Die kleine Dame riss ein Streichholz an. »Und das haben wir diesem fabulösen Salafarihund und einem tausendjährigen Chamäleon zu verdanken.«

Die Gräser begannen zu glimmen, und bald knisterte ein schönes Feuer in der Mitte der Höhle. Karlchen setzte sich neben Lilly und begann, Pim zu kraulen. »Papa, haben wir was zu essen? Ich hab so Hunger.«

Die kleine Dame zog ihren Rucksack heran und holte ein dreibeiniges Gestell hervor, das sie über das Feuer stellte. Mit ein paar Handgriffen hatte sie Wasser in ihren Teekessel gefüllt. »Chaka und ich brauchen erst einmal eine schöne Tasse Tee. Möchte noch jemand?«

Papa sah sich um. »Habt ihr meinen Rucksack gesehen?«

»Nö«, sagte Lilly, die einen Apfel und zwei Butterbrote aus ihrem Tagesrucksack nahm.

Chaka huschte zu Papa Bär rüber. »Vor dem Höhleneingang«, schrieb er in einem Schwung in die Luft.

»Stimmt«, lachte Papa. »Dann muss ich jetzt wohl raus in den Regen.«

»Warte«, sagte die kleine Dame und griff nach dem

Oberteil ihres Schirms. »Chaka und ich erledigen das.« Schon war das Chamäleon in den Schirm geklettert.

Lilly, Papa und Karlchen sahen, wie die kleine Dame durch den schmalen Durchgang nach draußen schlüpfte und den Schirm aufspannte.

»Hui, was für ein Regen!«, rief sie.

Lilly starrte zur kleinen Dame. Mit aufgespanntem Schirm stand sie auf dem steinigen Boden vor dem grauen Felsen, doch ihr Safarikostüm blieb so safaribeige, wie es immer war. Die Stiefel der kleinen Dame blieben dunkelbraun, und das gepunktete Tuch, das sie um den Tropenhelm trug, war so rot-weiß wie immer.

Die kleine Dame chamäleonisierte nicht!

Lilly sagte kein Wort.

Karlchen sagte kein Wort.

Ja, nicht einmal Papa brachte ein Wort über die Lippen.

Die kleine Dame war so mit Papas Rucksack beschäftigt, dass sie es gar nicht bemerkt hatte.

»Platz da«, sagte sie, schob Papa den Rucksack zu und klappte den Schirm wieder ein. Sie schüttelte das Wasser von ihrem Schirm und ließ Chaka aus dem Oberteil klettern, da merkte sie, wie die anderen sie ansahen. »Was ist?«

In Lillys Hals steckte ein dicker Kloß. »Dein Schirm.«

»Jaja, der trocknet schon wieder.«

»Das ist es nicht«, flüsterte Lilly. »Eben … draußen.« Sie schluckte. Sie wollte nicht weinen. »Du hast nicht chamäleonisiert.«

»Wie bitte?« Die kleine Dame nahm das Schirmoberteil in die Hand, und Chaka kletterte hinein. *Schwuppdich,* spannte sie den Schirm in der Höhle auf. Die kleine Dame sah an sich hinunter. »Ist da nicht irgendeine kleine chamäleonisierende Stelle?« Sie drehte sich um die eigene Achse.

Lilly kniff die Augen zusammen. Doch! Da am Saum des Rocks schimmerte es steingrau auf. Karlchen zeigte auf die Schulter der kleinen Dame. Wenn man genau hinsah, blitzte auch dort auf dem Stoff das Muster des Felsens auf. Aber es war wirklich eine sehr kleine Stelle!

Oma hat's drauf

Über Nacht war das Unwetter weitergezogen, und als sie bei den ersten Sonnenstrahlen aus ihrem Unterschlupf kamen, leuchtete der Himmel wie frisch poliert. Weit oben zog ein Greifvogel seine Bahnen, und unten auf dem Pfad spiegelte sich das Morgenblau in den Pfützen.

Doch Lilly hatte keinen Blick für das feine Spektakel, das die Sonne oben auf den Felsspitzen veranstaltete, sie stieß keinen Guten-Morgen-Jubelschrei aus und hüpfte auch nicht in die Pfützen, um zu testen, wie tief sie waren. Nein, Lilly schlüpfte in ihre Wanderstiefel, setzte ihren Rucksack auf und stapfte los. Der Schrecken, dass die kleine Dame nicht mehr chamäleonisieren konnte, steckte ihr tief in den Knochen. Lilly wusste, sie mussten die kleine

Dame so schnell wie möglich nach unten ins Tal bringen, weg von der Bergkraft, die sie unaufhaltsam wachsen ließ. »Wenn ein Weg versperrt ist, finde einen anderen«, hatte die kleine Dame einmal zu Lilly gesagt. Nur waren sie hier nicht im Hof des Brezelhauses, wo sie jeden Busch und jeden versteckten Winkel kannten, sondern in den mächtigen Blauen Bergen.

Ob der Wildbienenhonig der kleinen Dame überhaupt helfen würde, wie Herr Kreideweiß gesagt hatte? Und wo sollten sie mit der Suche nach den Wildbienen beginnen? Den ganzen Weg über dachte Lilly darüber nach, wie sie der kleinen Dame am besten helfen konnten.

Als sie nachmittags endlich wieder die Bergstation erreichten, fühlte Lilly sich ganz matt vom vielen Gedankenwälzen. Auch die kleine Dame war stiller als sonst. Chaka, der zwischen Lilly und der kleinen Dame auf der Bank hockte, chamäleonisierte im feinsten Honigbraun. Es war ein kleiner Trost, dass die Bergkraft nicht auch noch Chaka durcheinanderbrachte.

Die Gondel sirrte das Seil abwärts in Richtung Tal. Plötzlich tippte die kleine Dame gegen das Fenster. »In diesem mächtigen Bergdschungel schwirren doch ganz bestimmt ein paar Wildbienen herum.«

Ja, dieser Wald war der größte, den Lilly jemals gesehen hatte. »Willst du, dass wir umkehren und statt mit der Gondel lieber zu Fuß durch den Wald nach unten laufen?«

Karlchen schüttelte den Kopf. »Also, ich mach keinen Schritt mehr!«

Papa warf einen Blick auf seine Uhr »Das würde auch viel zu lange dauern. Mama und Oma warten sicher schon auf uns.«

Oma Anni stand mit Bruno auf dem Arm vor dem Haus und winkte ihnen zu. »Do san jo unsre fleißgn Wanderer! Es is a Brief fia di kema von dem Herrn Kreideweiß!«

Mama Bär kam aus dem Haus und lief ihnen entgegen. »Meine Lieben! Wie war es? Habt ihr den Bergexperten getroffen?«

Oma gab Mama Bruno und blieb in der offenen Haustür stehen. »Nu lass se doch a bisserl verschnauf! So a Tour zehrt an den Kräften. I schau einmal, ob der Kuchen scho fertig is.«

Mit diesen Worten verschwand sie im Haus.

Lilly und Karlchen rannten die letzten Meter auf Mama zu.

»Wir ... brauchen ... keinen ... Kuchen«, japste Lilly. »Wir brauchen Honig!«

Mama sah sie überrascht an. »Jetzt erzählt bitte eins nach dem anderen.« Sie strich den Mädchen über das Haar. »Und ein Glas Honig hat Oma sicher im Haus.«

»Aber wir brauchen Wildbienenhonig«, rief Karlchen.

»Herr Kreideweiß hat gesagt, dass der kleinen Dame nur Wildbienenhonig hilft!«, erklärte Lilly.

Mama sah von Papa Bär zur kleinen Dame, die nun auch vor dem Haus ankamen, und sie bemerkte es sofort. »Du bist schon wieder gewachsen!«

»Die gute Nachricht ist, dass wir inzwischen das Gegenmittel kennen«, sagte die kleine Dame.

»Wildbienenhonig?«, fragte Mama.

»Mindestens eine ganze Wabe«, sagte die kleine Dame.

»Vielleicht gibt es einen Imker im Dorf, der sich mit wilden Bienen auskennt«, überlegte Papa.

»Herr Kreideweiß sagt, dass sie mindestens drei Tage lang einen Löffel einnehmen muss.« Lilly überlegte kurz. »Und zwar einen Löffel alle vier Stunden!«

Mama blickte in die Runde. »Nun mal ganz langsam. Ihr seid gerade erst zurück!«

»Nein, Mama! Wir müssen uns beeilen, sonst kann die kleine Dame nie wieder chamäleonisieren!«, rief Lilly aufgeregt.

Die kleine Dame legte Lilly die Hand auf den Arm. »Deshalb werden wir gleich hier im Wald nach einem Wildbienenvolk suchen.«

»Und ihr zwei könnt ins Dorf laufen«, schlug Lilly vor, die kaum stillstehen konnte.

Mama und Papa hatten noch gar nicht geantwortet, da liefen Lilly, die kleine Dame und Karlchen bereits los.

Am Ziegenstall drehte Lilly sich um. »Wir nehmen den Wassereimer mit!«

»No, wo wolln die Madln denn hin? Der Kuchen is fertig!«, rief Oma, die mit dem großen Blech aus dem Haus kam.

»Sie wollen im Wald nach Wildbienen suchen«, sagte Mama etwas matt.

»Und wir müssen ins Dorf zum Imker«, sagte Papa.

Oma stellte das Blech auf den Tisch. »I glaub's ned!« Sie stieß einen gellenden Pfiff aus. »Kimmts zrugg!«, rief sie.

Lilly, Karlchen und die kleine Dame, die schon fast bei der Ziegenweide angekommen waren, machten kehrt.

»Hob i eich ned g'sagt, dass do Immen im Holunderbusch nistn?«

Lilly stöhnte innerlich auf. Oma rief sie wegen des Holunderbusches zurück?

»Immen?«, erkundigte sich die kleine Dame höflich.

»No, Immen san Wildbienen«, erklärte Oma Anni. »Um genau zu sein, is es sogar a sehr wilds Völkchn, des dort lebt und …«

»Du hast Wildbienen hier am Haus?«, fragte die kleine Dame.

»No, de san holt do«, sagte Oma.

Nun fiel Lilly wieder ein, wie Oma sie gleich am ers-

ten Tag gewarnt hatte, dem großen Holunderbusch nicht zu nahe zu kommen, weil die Immen sie sonst stechen würden. Aber woher hätte sie wissen sollen, was Immen waren? Das Wort hatte sie noch nie im Leben gehört!

»Du musst di schützen!«, sagte Oma, als sie einen Moment später alle rund um den alten Holunderbaum standen.

Ein gleichmäßiges Brummen lag in der Luft. Über den cremefarbenen Blütendolden flogen die Bienen.

Die kleine Dame bog einen der Zweige zur Seite und spähte den Stamm hinauf. Genau in der großen Astgabel, wo der Stamm sich teilte, brauste es am lautesten.

»Ich sehe das Bienennest!«

»Holunder ist koa starkes Holz«, erklärte Oma. »Da holen wir besser die Leiter.«

Lilly und Karlchen trugen die lange Leiter aus dem Schuppen heran. Die kleine Dame nahm ihren Helm ab. »Hier kann ich die Wabe reintun.«

»Na, des machst du ned«, sagte Oma, nahm ihr den Helm ab und befestigte ein Stück durchsichtige Gardine mit Sicherheitsnadeln daran. »Du brauchst an Schleier, a

Pfeifn und do, nimm meine Handschua. Durch das Leder könna sie di ned stechn.«

Mit dem rauchenden Pfeifchen in der Hand und einem kleinen Henkeltopf über dem Arm kletterte die kleine Dame die Leiter nach oben.

»Und dass ma koana unter der Leiter durchlafft. Des bringt Unglück«, mahnte Oma und nahm Karlchen an die Hand.

»Kannst du die Waben schon sehen?«, rief Lilly der kleinen Dame nach.

»Schön räuchern«, riet Papa Bär.

Lilly konnte hören, wie das Brummen im Baum anschwoll und in ein aufgeregtes Brausen überging. Sie verrenkte sich den Hals, um mehr zu sehen. Umschwirrt von einer Bienenwolke, schnitt die kleine Dame mit Omas Messer eine Wabe aus dem Nest. »Autsch«, klang es von oben, und kurz danach quietschte die kleine Dame auf.

Sobald sie von der Leiter gestiegen war, hatte Oma ein Handtuch über den Topf gelegt, und sie waren ins Haus gegangen.

Die kleine Dame hatte zwei Stiche, aber die Zwiebel, die Mama ihr gab, half schnell.

Karlchen schaute in den Topf. »Das ist eine Riesenwabe!«

In den sechseckigen Waben glänzte der Wildbienenhonig.

»Es muss auch genug Medizin sein, damit die kleine Dame wieder ganz gesund wird«, sagte Lilly.

»Willst du die ganze Wabe auf einmal essen?«, fragte Oma.

Die kleine Dame lachte. »Nein! Medizin muss gut dosiert sein.« Lilly erklärte Oma und Mama noch einmal genau, was Herr Kreideweiß zu der Einnahme des Wildbienenhonigs gesagt hatte. Dann schnitt Oma ein löffelgroßes Stückchen aus der Wabe und gab es der kleinen Dame.

»Und in vier Stunden gibt es die nächste Portion«, sagte Mama.

Die kleine Dame nahm den Löffel und lutschte das Stückchen Honigwabe bis auf das letzte Krümelchen auf. »Das ist eine sehr feine Medizin.« Einen Moment später begann die kleine Dame, wie ein Löwe zu gähnen. Sie schaffte es gerade noch, sich auf die Ofenbank zu legen, dann fielen ihr die Augen zu.

Die fröhlichste Chamäleoniseurin

Genau wie Herr Kreideweiß vorhergesehen hatte, machte die Medizin die kleine Dame sehr müde, und sie schlief drei Tage und drei Nächte. Chaka wich keinen Moment von ihrer Seite, und Familie Bär wechselte sich an ihrem Bett ab. Alle vier Stunden gab es genau einen Löffel Honigwabe.

Wenn Lilly und Karlchen nicht bei der kleinen Dame saßen, spielten sie in der Nähe des Hauses, fütterten mit Oma die Ziegen oder drehten mit Mama und Papa gemeinsam eine Runde mit dem Kinderwagen.

Am ersten Tag wälzte sich die kleine Dame unruhig auf der Bank hin und her, und in ihrem Gemurmel meinte Lilly, ein paar Brocken Rückwärtzisch zu hören. Die kleine

Dame nahm ihre Medizin, trank und fiel wieder in einen tiefen Schlaf. Am vierten Morgen wachte die kleine Dame auf und sah sich in der halbdunklen Stube um. Am Fußende hatte sich Chaka eingerollt, und Papa Bär hatte die Nacht neben der Ofenbank auf seiner Isomatte verbracht.

»Chaka«, flüsterte die kleine Dame. »Warum sind wir denn nicht draußen in unserem Zelt?«

Obwohl die kleine Dame sehr leise war, wachte nun auch Papa auf. »Zeit für deine Medizin?«, fragte er und kam schlaftrunken hoch.

»Meine Medizin?« Die kleine Dame nickte langsam. »Wie lange habe ich geschlafen?«

Papa lächelte. »Drei Tage.«

»Drei Tage?!«

Papa Bär betrachtete die kleine Dame. »Du siehst viel besser aus.«

Die kleine Dame horchte in sich hinein. »Mir geht es auch besser!« Sie rekelte sich.

»Das muss ich gleich Lilly und Karlchen sagen!«, sagte Papa, lief zur Leiter und rief: »Hier ist jemand wach und möchte euch Guten Morgen sagen!«

Ein paar Sekunden später polterten Lilly und Karlchen die Leiter hinunter und liefen zur Ofenbank. »Wir dachten schon, du bist in Winterschlaf gefallen«, sagte Karlchen.

Die kleine Dame nahm die Hände der beiden. »Das kam

mir selbst so vor. Ich habe geträumt. Ich wollte mit Chaka in mein Zelt. Aber das Zelt war winzig klein und ich riesengroß!«

Von oben kam Mama Bär mit Bruno runter. Sie sah noch ganz verstrubbelt aus. »Kleine Dame, wie fühlst du dich?«

Die kleine Dame setzte ihren Tropenhelm auf und schlüpfte in ihre Jacke. »Chaka und ich finden, es ist höchste Zeit für ein Frühstück!«

Da mussten Mama und Papa, Lilly und Karlchen vor Erleichterung laut lachen, und Bruno gluckste fröhlich mit.

»Wos is denn do los?«, erklang da die Stimme der Oma, die mit einem Einkaufsbeutel durch die Tür kam.

»Der kleinen Dame geht es besser!«, sagte Lilly.

»Und wir haben alle einen Bärenhunger!«, verkündete Karlchen.

Oma gab Papa den Einkaufsbeutel. »I hob frische Semme und Kaffee kauft. Aber kochn muast du ihn. Des konn i ned.«

»Du hast Kaffee gekauft?« Papa und Mama wechselten einen überraschten Blick.

»No«, sagte Oma. »Mein Bua soll sich doch wie dahoam fühln.«

Lilly fand, dass es ihr allerschönstes Ferienfrühstück war, und das lag nicht nur an der frischen Luft oder den knusprigen Brötchen. Sie schmierte gerade ihre zweite Hälfte mit Marmelade, als ihr etwas auffiel. »Kleine Dame, deine Jacke passt wieder«, sagte sie. »Bist du etwa geschrumpft?«

Die kleine Dame blickte erstaunt an sich herunter. »Sächtatlich!« Sie streckte die Arme aus, und auch die Ärmel ihrer Jacke waren gerade richtig lang.

»Nu, i hob de Jackn a bisserl glatt zogn«, meldete Oma sich zu Wort. »War ganz schön zerknittert von da Sabba... Salafari. Vielleicht hat sie sich a bisserl g'weitet.«

Die kleine Dame zog sofort ihr Maßband aus der Tasche, nahm den Helm ab und stellte sich an den Türrahmen.

»Stehst du auch gerade?«, fragte Karlchen.

»Kerzengerade«, sagte die kleine Dame.

Mama hielt das Maßband oben fest, und Lilly zog es ganz nach unten. »Hm, also ich messe ....«

Papa sah mit auf das Maßband.

»Einen Meter zwei«, las Lilly vor.

Karlchen machte einen Luftsprung. »Du bist wieder kleiner geworden!«

»Wie Herr Kreideweiß geschrieben hat!«, jubelte Lilly.

Die kleine Dame blätterte aufgeregt durch ihr Salafaribuch. »Das ist ganz eindeutig unterhalb der Kleinen Grenze.«

»Kleine Grenze?«, fragte Oma, die sich mit den besonderen Fähigkeiten der kleinen Dame nicht so gut auskannte.

»Kannst du wieder Salafarzisch?«, wollte Karlchen wissen.

»Das prieboren-probieren wir sofort aus«, erwiderte die kleine Dame.

Sie setzten sich draußen an den Frühstückstisch. »Lasst uns mit etwas Einfachem anfangen«, sagte die kleine Dame. »Ihr zeigt auf einen Gegenstand oder ein Tier, und ich übersetze.«

Karlchen zeigte auf Pim, der sich unter den Tisch gelegt hatte.

»Dn…uh«, sagte die kleine Dame. »Rückwärtzisch für ›Hund‹.«

Pim spitzte die Ohren, gerade so, als hätte er verstanden, dass es um ihn ging.

Als Nächstes war Mama Bär dran. Sie zeigte auf die Butter. »Buttnäser«, sagte die kleine Dame.

»Salafarzisch«, riefen Karlchen und Lilly.

Oma Anni zeigte auf Chaka, der aus seiner Teetasse schlürfte. Die kleine Dame lächelte. »Dnuerf.«

»Das stimmt nicht«, sagte Karlchen.

»Doch, doch«, widersprach die kleine Dame. »Chaka ist ganz bestimmt mein *Freund.*«

Papa Bär zeigte auf das Rad, das am Schuppen lehnte.

»Fahrolarrad«, übersetzte die kleine Dame.

Diese Sprache hatten Lilly und Karlchen eine Weile nicht gehört, aber dann fiel es Lilly ein. »Das ist Polarzisch und heißt Fahrrad.«

Die kleine Dame nickte vergnügt. »Ich komme wieder rein. Lilly, du darfst etwas richtig Schwieriges aussuchen.«

Lilly überlegte kurz, dann zeigte sie auf die Zitronenlimonade.

»E-da-no-mil-ne-nor-tiz«, kam es wie aus der Pistole geschossen.

Kein Zweifel, die kleine Dame hatte ihre Sprachen wiedergefunden.

»I sog jo, meine Immen san spitze«, meinte Oma zufrieden und stand auf.

Mama und Papa Bär stellten das Geschirr zusammen.

Lilly blieb sitzen. Sie schaute zur kleinen Dame, diese nickte und nahm Chaka hoch. »Bist du bereit?«

Lilly fühlte ihren Herzschlag bis in den Bauch, als die kleine Dame Chaka in den Schirm klettern ließ. Papa Bär, der Bruno eigentlich eine frische Windel anziehen wollte, blieb stehen.

Mama Bär und Oma, die schon fast durch die Tür waren, drehten sich um. Die Katzen setzten sich auf ihrem Platz auf der Fensterbank auf. Pim reckte den Hals unter dem Tisch hervor.

Die kleine Dame ging ein paar Schritte, bis sie vor dem alten Holunderbaum stand. Als sie

den Schirm aufspannte, nahm sie *schwuppdich* das leuchtende Grün der Blätter und das Cremeweiß der Holunderblüten an. Die kleine Dame chamäleonisierte so gründlich von den Spitzen ihrer Wanderstiefel bis zu ihrem Helm, dass sogleich eine wilde Biene angeflogen kam und sich auf ihrem Tropenhelm niederließ.

Lilly fand, dass die kleine Dame nie schöner chamäeleonisiert hatte.

»Bravo!«, riefen Mama, Papa und Oma.

Lilly und Karlchen hüpften vor Freude um die kleine Dame herum. »Du kannst es wieder! Du kannst es wieder!«

Die kleine Dame hob den Schirm ein Stückchen und zwinkerte ihnen zu. »Seht mal, was die weltbeste Chamäleoniseurin kann.«

Lilly hörte, wie sie Chaka etwas zuflüsterte. Und dann, von einem Moment zum nächsten, flackerten alle Farben des Regenbogens über den Schirm, und die kleine Dame war unsichtbar!

Ja, genauso war das, wenn Chaka der kleinen Dame einen Streich spielte und sie unsichtbar werden ließ.

Vor ihnen klappte die kleine Dame ihren Schirm wieder ein. »Fabulös ist das! Ich bin wieder ganz die kleine Dame!« Sie schaute zu Lilly. »Hältst du bitte kurz einmal?«

Sie gab Lilly den Chamäleonschirm, und dann schlug

sie eins, zwei, drei wunderschöne Räder. »Ich bin wieder richtig klein, ja, so soll es sein. So soll es für immer sein!«, sang sie, und alle klatschten mit.

Eine goldene Brezel

Nach dem Chamäleonisieren war die kleine Dame in feinster Entdeckerlaune. Lilly dachte, dass sie ein letztes Mal mit der Seilbahn hochfahren und zu einer letzten Bergsalafari aufbrechen würden. Denn in zwei Tagen waren die Ferien bei Oma zu Ende. Mama Bär musste zurück in die Backstube und Papa Bär in seine Fahrradwerkstatt.

Aber die kleine Dame hatte ganz andere Pläne. »Ich bin gerade wieder richtig klein«, sagte sie. »Nicht dass ich mich oben auf den Blauen Bergen noch einmal mit der Wachstumskrankheit anstecke.«

Das wollte Lilly natürlich nicht riskieren. Inzwischen hatte die kleine Dame auch den zweiten Brief von Herrn

Kreideweiß gelesen und darin stand, dass die Wildbienenmedizin am besten wirkte, wenn man sie eine ganze Woche einnahm. Erst danach war man gegen die Wachstumskrankheit immun. Zum Glück war die Wabe, die die kleine Dame geholt hatte, so groß, dass sie für eine ganze Woche reichte!

»Was für eine Salafari wollen wir denn machen?«, fragte Lilly.

»Eine Haussalafari«, verkündete die kleine Dame. »Nun habe ich schon zwei Mal auf der Ofenbank eurer Oma geschlafen und weiß nicht einmal, wie dieses Haus melodiert.«

Wie es sich für eine echte Salafari gehörte, füllten sie ihre Wasserflaschen, packten Salafaribücher und Stifte, Schnitzmesser und Schokokekse ein und machten zehn Kniebeugen als Aufwärmübung.

»Jede Salafari beginnt mit dem ersten Schritt«, sagte die kleine Dame.

Sie standen draußen vor dem Haus.

»Und wann machen wir den ersten Schritt?« Lilly wollte schon nach der Klinke greifen, aber die kleine Dame war nicht bereit. »Was ist das für eine seltwürdige Luke über dem Fenster da oben?«

»Das ist von früher«, erklärte Lilly. »Da hing das Seil raus, mit dem Oma und Opa die Strohballen auf den Dachboden gezogen haben.«

»Mama hat erzählt, dass da oben früher Käuzchen waren. Aber jetzt schon lange nicht mehr.«

Die kleine Dame sah zum Schuppen rüber, wo die Leiter lehnte, mit der sie in den Holunderbaum gestiegen war. »Wir könnten die Leiter nehmen«, überlegte sie. »Oder wir erkunden erst einmal alles von innen.«

In der Stube waren alle Vorhänge weit aufgezogen, und im Sonnenlicht, das durch die Fenster schien, sahen die Holzwände gar nicht mehr düster aus. Die grünen Kacheln des Kachelofens glänzten, und auf dem Tisch neben der kleinen Küche bemerkte Lilly einen frischen Blumenstrauß. Unter einer der Kräutergirlanden, die Oma an der Wand trocknete, hing ein neues Bild.

»Sieh mal, kleine Dame«, rief Karlchen, die es auch bemerkt hatte. »Das hab ich für Oma gemalt.«

»Was für ein fabulöses Bild!«, sagte die kleine Dame bewundernd.

»Kommt ihr?« Lilly stand schon an der Leiter, die nach oben führte. Flink kletterten sie mit Chaka die Leiter hinauf. »Das ist ja wie in meinem Zelt!«, rief die kleine Dame aus, als sie den Schlafraum unter der Schräge sah.

»Hier schlafe ich.« Karlchen zeigte auf ihre Matratze.

»Und von hier aus können wir bis zum Wald schauen, wo du dein Zelt versteckt hast.«

Die kleine Dame schaute neben Lilly aus dem Dachfens-

ter. »Chaka, nach der Salafari müssen wir nach unserem Zelt schauen. Hoffentlich hängt es noch«, sagte sie.

»Tut es«, sagte Lilly. »Während du geschlafen hast, waren Karlchen und ich jeden Tag da und haben aufgepasst.«

»Ihr seid wirklich zwei höchst erfahrene Salafarimädchen.«

Hinter sich hörten sie ein Rascheln. Die kleine Dame drehte sich um. »Chaka? Was machst du da?«

Auf der anderen Seite des Schlafbodens war Chaka die Wand hochgeklettert. Erst jetzt entdeckte Lilly die kleine Luke, die gut versteckt in der Holzwand lag. Die hatte sie vorher gar nicht bemerkt.

»Ich wette, das ist die andere Seite der Seilöffnung«, vermutete die kleine Dame.

Schon schob Chaka mit seiner Schnauze den Riegel auf. Mit einem leisen Quietschen öffnete sich die Luke, und er schlüpfte hinein.

Die Öffnung lag so hoch, dass Lilly und Karlchen auf das Fensterbrett klettern mussten.

»Was siehst du?«, fragte die kleine Dame.

»Alles ist dunkel«, flüsterte Karlchen.

Sie kam runter, und Lilly rückte an die Luke heran. »Ich glaube, Chaka ist am Ende des Gangs.«

»Komisch«, sagte die kleine Dame. »Wieso ist es da so dunkel?«

Nun stieg die kleine Dame auf den Hocker. »Chaka,

schau doch bitte, ob du dich bis zur Außenwand durchschlängeln kannst.«

Sie hörten ein Rascheln, dann klang es, als ob etwas in Stücke riss, und mit einem Mal fiel ein schwacher Lichtstrahl bis zu ihnen.

Durch die Öffnung kam Chaka zurück.

»Was hast du denn da im Maul?«

Die kleine Dame nahm von Chaka einen Stofffetzen entgegen, an dem ein Fellbüschel hing.

Karlchen sah es sich genau an. »Was ist das?«

»Sieht nicht nach einem Vogelnest aus«, sagte Lilly verwundert.

Die kleine Dame untersuchte das Fellknäuel. »Das ist ja auch Marderfell.« Sie schnupperte daran. »Aber so, wie das riecht, ist der Unterschlupf bestimmt schon seit ein, zwei Jahren unbewohnt.«

»Deswegen sind die Käuzchen nicht zurückgekommen!«, sagte Lilly.

In der Luke drehte sich Chaka um und kletterte auf die andere Seite.

»Kommt, lasst uns nachschauen, ob alles frei ist«, schlug die kleine Dame vor und zog die Mädchen zur Leiter.

Flink stiegen sie vom Schlafboden hinunter und liefen nach draußen. Direkt vor der Haustür lagen die Überreste des alten Mardernests: ein paar Zweige und noch ein zweiter Lappen.

Chaka kam aus der Luke geklettert und lief die Holzwand runter. »Ich denke, jetzt ist der Gang frei«, sagte die kleine Dame.

»Vielleicht kommen die Käuzchen dann wieder«, meinte Karlchen.

»Jaja, das ist möglich«, sagte die kleine Dame und blickte zum Haus. »Findet ihr nicht auch, dass über der Haustür etwas fehlt?«

Lilly und Karlchen wussten nicht, was die kleine Dame meinte.

»Kommt näher«, flüsterte die kleine Dame. Sie sprach

so leise, dass Lilly und Karlchen sie kaum verstehen konnten.

»Meinst du wirklich, das schaffen wir noch?«, fragte Lilly.

Die Augen der kleinen Dame blitzten unternehmungslustig. »Mit links!«

Mama und Papa Bär wunderten sich, wo die Mädchen und die kleine Dame den ganzen Tag über steckten. Erst kurz vor dem Abendessen tauchten sie wieder auf.

Lilly hatte ein Pflaster am Daumen, und an Karlchens T-Shirt hingen Holzspäne. Aber Mama war so mit dem Kofferpacken beschäftigt, dass sie es gar nicht bemerkte.

Papa schichtete draußen am Feuerplatz Holz auf. »Wir grillen Würstchen«, rief er den Mädchen zu, die Oma halfen, draußen den Tisch zu decken. Bruno lag in seinem Kinderwagen und erzählte den zwei Katzen, die auf der Fensterbank saßen, eine lange Öre-öre-Geschichte.

Mama kam raus und schenkte allen etwas zu trinken ein. »Wo ist die kleine Dame?«

Lilly reckte den Hals. »Die müsste jeden Moment hier sein.«

Neben ihr stand Oma am Tisch und spießte Würstchen auf lange Stöcke. »I konn gar ned glaubn, dass ihr übermorgen alle scho fahrt.«

»Ich auch nicht«, seufzte Mama Bär. »Aber du kommst uns ja bald besuchen.«

Oma Anni gab Lilly und Karlchen einen Wurststecken. »In den Sommerferien bin i do.«

»Und wir kommen auch wieder«, sagte Karlchen.

»Es war richtig schön bei dir, Oma«, sagte Lilly.

Oma lächelte erst ihr und dann Karlchen zu. »Es hot a bisserl dauert, wos?«

In diesem Moment kam die kleine Dame um die Hausecke spaziert. »Du musstest eben erst ein wenig omarisieren«, meinte sie und wirbelte ihren Schirm herum. »Und weil dir das so gelungen ist, haben wir ein feines Geschenk für dich.«

»Fia mi?«, rief Oma überrascht. »Aber du host ma doch scho mit da Sissi g'holfn.«

Lilly und Karlchen stellten sich neben die kleine Dame.

»Aber dir fehlt was«, sagte Lilly.

»Und es bringt ganz viel Glück«, erklärte Karlchen.

Die kleine Dame machte ihre Tasche auf, holte eine kleine Brezel hervor und überreichte sie Oma. »Die ist für dich.«

»A Brezn?« Oma machte ein verdutztes Gesicht.

»Damit du uns nicht wieder vergisst, Oma«, sagte Karlchen.

»I vergess euch doch ned«, sagte Oma Anni und schaute sie an. »Und wos mach i nu mit da schön' Brezn?«

Lilly kicherte. Oma wusste gar nicht, was sie mit der Brezel anfangen sollte. »Na, du hängst sie über deine Tür«, sagte sie.

Mama Bär lächelte. »Genauso eine Brezel hängt auch bei uns über dem Hauseingang.« Sie schaute zu Lilly und Papa Bär. »Wisst ihr, wie der Maler sie golden angestrichen hat?«

Papa und Lilly nickten.

»Und was ist mit mir?«, quiekte Karlchen.

Lilly legte ihrer kleinen Schwester den Arm um die Schulter. »Na, du warst ein Baby, so wie Bruno.«

»Die goldene Brezel hat uns alle zusammengebracht«, sagte die kleine Dame und schaute zur Oma. »Wir müssen sie nur gold anmalen.«

So endet diese Geschichte mit einer Brezel. Einer kleinen goldenen Brezel. Aber Vorsicht! Zum Essen ist sie nicht. Du würdest dir nämlich ganz bestimmt die Zähne an ihr ausbeißen. Denn die Brezel, von der hier die Rede ist, hängt über dem Eingang eines kleinen Hauses in den Blauen Bergen und ist aus allerfeinstem Holz.

Für die Verwirklichung dieser kleinen Dame
waren einige Menschen besonders wichtig:

Antonia Thiel
Almut Werner
Alexandra Schönleben
Susanne Baumann
Christiane Düring
Familie Reindl
Lilly
Kathi
Frank
Erika
Curt

Dank für Ihre und Eure Begeisterung für die kleine Dame.
Dank für den Zuspruch und die Inspiration.
Dank für die kluge Kritik.
Dank für die fabulöse Unterstützung und Liebe,
die mich durch diesen Schreibprozess getragen hat.

Danke!

Nina Dulleck,

Jahrgang 1975, arbeitet als Illustratorin und Autorin. Sie ist verheiratet, hat drei Kinder und lebt in einem Dorf in Rheinhessen. In ihrer Nachbarschaft wohnen außerdem noch zwei Zwergschweine, ein zahmer Eichelhäher, drei fette Katzen, eine Pfau-Familie, ein dünner Tiger und ungefähr 500 Pferde. Sie alle bieten jede Menge Stoff für lustige Geschichten.

Stefanie Taschinski,
geboren 1969, schreibt Kinderbücher voller Wärme, Witz und Poesie. Die Autorin, deren Bücher mehrfach ausgezeichnet wurden und in zahlreiche Sprachen übersetzt sind, nimmt ihre Zuhörer mit in Leseabenteuer voller Fantasie. Stefanie Taschinski ist Mitbegründerin des Netzwerks »Die Elbautoren«, Schreibcoach für das Projekt »Schulhausroman« vom Literaturhaus Hamburg und engagiert sich für die Leseförderung. Sie lebt mit ihrem Mann, zwei Töchtern und Hund in Hamburg.

Stefanie Taschinski

Die kleine Dame (1)

Als Lilly mit ihrer Familie in das alte Haus mit der goldenen Brezel zieht, ahnt sie nicht, dass im verwunschenen Hinterhof eine magische Nachbarin wohnt. Die kleine Dame besitzt ein 1000-jähriges Chamäleon, kann sich unsichtbar machen, beherrscht allerlei zauberhafte Handgriffe – doch vor allem hat sie den Schalk im Nacken! So beginnt für Lilly ein Sommer der wunderbaren Abenteuer.

Die kleine Dame und der rote Prinz (2)

Wunderbare Abenteuer haben Lilly und ihre Schwester Karlchen mit der kleinen Dame erlebt, seit sie mit ihrem 1000-jährigen Chamäleon im Hinterhof des Brezelhauses eingezogen ist. Doch jetzt ist ein neuer Gast angekommen: Er heißt Finn, hat ein rotes Fell, einen buschigen Schwanz – und ein großes Geheimnis ... Zum Glück versteht die kleine Dame alle Tiersprachen, denn Finn, der rote Prinz, braucht dringend Hilfe!

160 Seiten • Gebunden
ISBN 978-3-401-06481-9
Beide Bände auch als Hörbücher
bei Arena audio erhältlich

Arena

160 Seiten • Gebunden
ISBN 978-3-401-06635-6
Beide Bände mit farbigen
Illustrationen von Nina Dulleck
www.arena-verlag.de

Stefanie Taschinski

Die kleine Dame auf Salafari (3)

Weißt du, was eine Salafari ist? Salafari ist, wenn die kleine Dame in die Ferien fährt. Natürlich zusammen mit Lilly und der ganzen Familie Bär! Aber dann heften sich Knödel und Senfei an ihre Fersen, zwei sehr verdächtige Gestalten. Und plötzlich ist auch noch Chaka, das Chamäleon, verschwunden. Doch die kleine Dame wäre nicht die kleine Dame, wenn sie diese Angelegenheit nicht ganz schnell in den Griff bekäme. Selbstverplemplich!

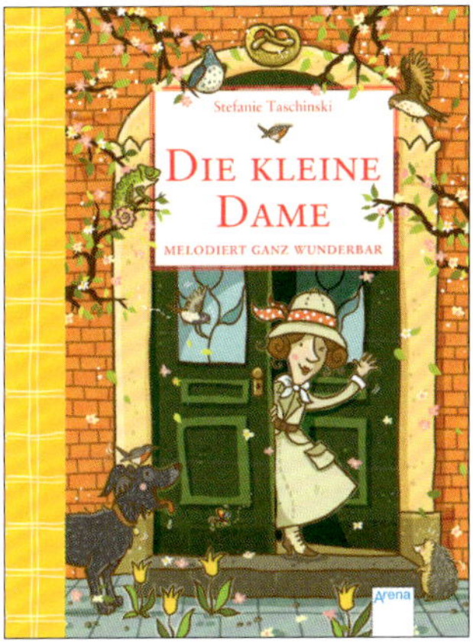

Die kleine Dame melodiert ganz wunderbar (4)

Oh Schreck! Mama und Papa Bär wollen aus dem Brezelhaus ausziehen! Mama Bär erwartet nämlich Nachwuchs und die Wohnung wird zu klein. Das können die kleine Dame und Lilly niemals zulassen. So schmieden sie wieder große Pläne und gründen schwuppdich den Brezelhaus-Chor, der neben seinen tierischen Mitsängern auch den griesgrämigen Hausmeister, Herrn Leberwurst, zum Klingen bringen soll ... Vielleicht lässt er sich ja zu einem Wohnungstausch überreden? Trubel und diverse Auf und Abs auf der Tonleiter sind da nicht ausgeschlossen!

168 Seiten • Gebunden
ISBN 978-3-401-06645-5
Beide Bände auch als Hörbücher
bei Arena audio erhältlich

Arena

184 Seiten • Gebunden
ISBN 978-3-401-60267-7
Beide Bände mit farbigen
Illustrationen von Nina Dulleck
www.arena-verlag.de

Stefanie Taschinski

Die kleine Dame

978-3-401-60300-1

Die kleine Dame feiert Weihnachten

Weihnachtspost von der kleinen Dame! Lilly ist ganz aufgeregt, als sie entdeckt, was die kleine Dame ihr geschickt hat: Es ist ein magischer Adventskalender! Hinter seinen Türchen warten nicht nur eine wunderbare Welt, sondern auch eine wichtige Aufgabe auf Lilly und Karlchen: Denn das Weihnachtsfest ist in Gefahr ... Glücklicherweise steht den beiden die kleine Dame zur Seite – selbstverplemplich!

978-3-401-60426-8

Die kleine Dame und Du

Ein Salafari-Buch zum Entdecken, Staunen & Mitmachen

Die kleine Dame hat unzählige Ideen, wie man jeden Tag zu einem besonderen machen kann. Im Wald lassen sich den Bäumen uralte Geheimnisse entlocken. Im Großstadtdschungel kann man den Blick schärfen für die kleinen Dinge: eine Feder, eine Blume im Rinnstein, ein Nest auf dem Verkehrsschild. Damit all diese Abenteuer nicht in Vergessenheit geraten, können die Eindrücke und gesammelten Schätze direkt im Buch festgehalten werden.

978-3-401-60556-2

Die kleine Dame

Limitierte Jubiläumsausgabe mit Hörbuch

Als Lilly mit ihrer Familie in das alte Haus mit der goldenen Brezel zieht, ahnt sie nicht, dass im verwunschenen Hinterhof eine magische Nachbarin wohnt. Die kleine Dame besitzt ein 1000jähriges Chamäleon, kann sich unsichtbar machen, beherrscht allerlei zauberhafte Handgriffe – doch vor allem hat sie den Schalk im Nacken! So beginnt für Lilly ein Sommer der wunderbaren Abenteuer.

Jeder Band:
Mit farbigen Illustrationen
von Nina Dulleck
www.arena-verlag.de